U0636783

鼎丛书第一辑
DINGCONGSHUDIYUI

回家

HUIJIA

刁斗 / 著

贵州出版集团
贵州人民出版社

图书在版编目（CIP）数据

回家 / 刁斗著. -- 贵阳 : 贵州人民出版社，
2018.8
 （鼎丛书. 第一辑）
 ISBN 978-7-221-14699-1

Ⅰ.①回… Ⅱ.①刁… Ⅲ.①长篇小说－中国－当代
Ⅳ.①I247.5

中国版本图书馆CIP数据核字(2018)第172903号

书　　名	回　家
丛 书 名	鼎丛书·第一辑
著　　者	刁　斗

选题策划	黄　冰
责任编辑	黄　冰
封面作品	李　革
装帧设计	黄　冰　丹　丽
出版发行	贵州出版集团　贵州人民出版社
社　　址	贵州省贵阳市观山湖区中天会展城会展东路SOHO办公区 贵州出版集团大楼（邮编：550081）
印　　刷	深圳市和谐印刷有限公司
开　　本	880×1230mm　32开
印　　张	7.75
字　　数	130千字
版　　次	2018年8月第1版
印　　次	2018年8月第1次印刷
书　　号	ISBN 978-7-221-14699-1
定　　价	30.00元

版权所有　翻印必究

目录

第一章　上班的时候

"为什么您不唱？"他问道。

"我正唱着呢。"

"我没有发觉您在唱。"

"那么我告诉您，我正唱着呢。"

"那么我也来告诉您，我没听到。"

"这就对了。"我说，"您听不到我的声音，因为我是用内心唱歌。"

——马莱尔巴《蛇》

这天早晨，已经到了上班的时候，我仍然伏在办公桌上睡得扎实，可以理解的是，陪伴我的有个好梦。梦的内容美不胜收，可在这里我不想实录，我明白，诚实并不比撒谎容易。这么说吧，我做的这个梦跟性有关，以至于上班的电铃一把我叫醒，我首先发现的就是，我的阴茎已硬如梨木（我家墙上挂着一根精雕细刻的梨木拐杖供观赏用）。我知道觉中得梦并不值得大惊小怪，即使得的是春梦，也没什么不妥。我从报纸的科学版上看到过科学家的释梦文章，文章称，人在睡眠中都要做梦，只不过醒来后有的人还能记住，有的人已印象全无；文章还称，人在睡眠中所做的梦，一半以上有色情因素。我现在提到我做这个梦的意思是，办公室这种地方，实在不是理想的睡觉之处。不很规范的反定理为：家是理想的睡觉之处。

一般来讲，正常的睡觉都该在家中进行，因为睡觉不仅和性事有关，而且经常就能指代性事，它属于一个人最不愿示人的隐私部分。有一本著名的书上就写过这样一个著名的事件，一个男人在向一个女人求欢时，他说的既不是学名"性交"，也不是土名"操逼"，他说的是："我和你困（睡）觉。"也许有的人还能为在家里睡觉找到其他理由，诸如安全稳定肃静什么的，不过那都不足为训，在家之外，我也可以找到无数个安全稳定肃静的睡觉场合。我固执地认为，我的解释是唯一合理的解释。在家里睡觉，有着良好的私密氛围，不管觉前还是觉后，解决起性的问题来都能随心所欲从容不迫。当然也有人是在酒店包厢野外草地或办公室的办公桌上睡觉性交的，但那大多是因为在家里做这样的事情有诸种不便，而不是他们喜欢酒店包厢野外草地或者办公室的办公桌的程度超过了对家的喜欢。至于那些愿意偶尔换换情调改改口味的人另当别论。比如我现在，如前所述，我已硬如梨木，此刻要是睡在家中，我会干些什么不言自明。可现在我睡在办公室里，别说我才硬如梨木，即使我已硬如铸铁（我家防盗门上那根又粗又长的铸铁门闩可以提高门的安全程度），我又能有何作为呢？此时，随着上班电铃声和走廊里杂沓零乱的脚步声把我从睡梦中惊醒过来，我连再去重温一遍梦中所历的赏心乐事都顾不上了，我只来得及提醒自己一句，上班的时候到了——当然了，我说的是别人上班的时候。

是的，说到这里，我得插上一句，我现在所说的这个上班的时候，是早晨，是别人上班的时候。我早晨不上班，早晨我下班，早晨是我下班的时候。属于我的上班的时候，是晚上。

我从办公桌前的椅子里弹跳起来，顺手把一份什么材料杵到眼前，背对着办公室的房门左右滑步（这样，有人进屋就看不到我裤裆隆起的前边了。我牛仔裤里穿的不是厚厚的棉裤，而是贴体的毛裤）。报纸上的科学家还说过，刚睡醒时，不要立刻做剧烈动作：应该先睁开眼睛躺一会儿，再慢慢起身坐一会儿，这样对心脑血管都有好处，尤其是中老年人。如果睡在家里，我总是用科学说法当生活指南，哪怕房子着火了，睡醒后，我也要先睁开眼睛躺一会，再慢慢起身坐一会，然后才去救火或逃命。可你知道，我现在不是睡在家里，是在单位，在单位的时间就是工作的时间，工作的时间不允许睡觉。当然实在耐不住困倦小睡片刻，别人看见了也能理解；可如果不仅睡了，还用科学的方法睡，那让人知道就未免过分了。所以，此时此刻我不敢科学，只能一惊醒过来就跳起身子，连眼睛是否睁开了都不去顾及：前述 F 问题中第六大点中的第四小点……我出声地嘟哝着手中的材料，既是做样给随时可能走进屋来的别人看的，也是用毫无色情内容的红头文件临时为我做阉割手术的。

其实我嘴里叨咕的是什么东西，我自己的耳朵也没留意。我的听力，全都集中在办公室外边的走廊上了，我所听到的，也只能是走廊里的脚步声渐渐逼近又渐渐远去。看来，走廊上的人是别的办公室的人。我吁了口气，伸手抹去头上的冷汗，重又坐回到办公桌前。

我办公桌上东西不多，茶杯、剪刀、胶水瓶、墨水瓶、烟盒、打火机、烟灰碟以及稿纸、钢笔和文件材料，都井井有条各就各位，放置在一张足有十个米毛厚的玻璃板的两个宽边和一个长边上；在那张玻璃板的中心部位以及靠近我胸膛的这一个长边上，是空空荡荡不着一物的。不，我这样的说法不够准确。我要说的是，在玻璃板的中心和靠近我胸膛的这一个长边上，玻璃板的上边的确没什么东西，但在玻璃板下边，在绿色台呢的上边，也就是在玻璃板和台呢中间，是有位妖娆女郎在搔首弄姿的。当然那位女郎不是真人，只是真人被印在了纸上。她身着欲盖弥彰的三点式泳装，侧卧在风景秀丽的海边沙滩，像有情有义似的冲我媚笑。在她身体四周，有十二个方格框框包围着她，那些方格框框里是数字和英文，把一年十二个月的每周每日都标示了出来。在她身体的中央，交错着的大腿部位，一块湿痕在玻璃板上发出亮光。那是从我嘴角流出的口水，是刚才流的。我这样一说你也就想到了，刚才我睡觉并且做梦，就是趴在这位泳装女郎健美的身上。

我顺手撕下两页稿纸，把玻璃板上的口水使劲擦去，同时还捎带着把整张玻璃板也擦拭一遍。玻璃板很凉，像导电那样把凉意传上了我的手指，又通过手指传遍我全身。我不由得打了个大大的寒战。看来，冬天在办公室里睡觉又多了条缺点，虽然睡的时候能睡出汗来，可睡完之后，会感到冷，容易感冒。而在家中的床上就不会这样。比如在我家，我家的被子是一种档次很高的鸭绒被，床上还铺有电热毯，其温暖舒适是彻头彻尾的。也许，一个人要想在办公室过夜，还是通过待在照片上的方式更好一些，不论是不是和十二个月份的日历印在一起都行。穿少了不会冷，穿多了也不会热，最主要的是，也就不必因犯困而破坏了工作纪律。

我对玻璃板下边的泳装女郎心生羡慕，下意识地又去俯身看她，结果，这回我看到的是我自己的嘴脸。由于玻璃板刚刚被我擦拭一遍，加之有铺在下边的绿色台呢作为底衬，它居然就像镜子一样锃明瓦亮，可以用来反光照影了。这时我看到，我的脸色比较憔悴，上下眼袋都有些浮肿，眼眶上如同挨了一掌，有一抹浅浅的黑晕散布四周。我对我的扮相感到满意，我基本上还像是一个通宵达旦不眠工作的人。我揉去腮上被胳膊压出的红道，又把眼角的眵目糊一点点抠出，用刚才我拿过的那份红头文件把办公桌上的泳装女郎整个盖住，点了支烟，耐心地等与我同一办公室的人前来上班。

我们办公室的人与其他办公室的人一样，也应该八点上班，据我了解，其他机关也是如此。可我们办公室里第一个来上班的人出现在门口时，我看一下表，都八点十五了。我没说什么，只冲他笑笑；他也冲我笑笑，但他同时还礼貌地冲我打了声招呼。你来得早呀，他说。我说早……我知道他搞错了，他忘了我是晚上上班，这个时间我应该下班。我说是早，我昨晚就来了。那个同事听了我的话，也意识到是他搞错了，他递我支烟（我拒绝了，因为我正抽着），歉意地晃晃脑袋说你夜班哈。我说是夜班。他说太冷了，都零下二十度了。我说怪不得屋里冷得都让人坐不住，我还以为光是暖气烧得不好呢。他说这么冷的天你熬了一宿，辛苦了，赶紧回家睡觉去吧。我啊了一声。其实除了冷点，我并没觉得有多辛苦。我曾经悄悄做过一个统计，夜里上班与白天上班相比，可以少说百分之九十七的话，少走百分之九十二的路，少接百分之八十六的电话，少看百分之七十一的文件，少写百分之五十的材料，还可以在电脑里玩游戏（白天上班的人是不敢玩电脑游戏的）。但我没说我不辛苦，我"啊"完之后，只说不急不急。本来我的"不急不急"只是客套，并没有为赖着不走找借口的意思。尽管我的确不急着回家，可通过前边对于睡觉的讨论，你也能看出我的态度，对办公室我也并不留恋。可我发现，我的客套一脱口而出，同事的脸色就不正常了，他开始用一种异样的眼光偷偷觑我。刚才他一边跟我寒暄客套，一边正拿出他的电话本往电话前移步，可一听我说"不急不急"，他就站住了，木然竖在他的办公桌与墙角的电话桌之间，像是某出现代京戏中踩了弹簧地雷的志愿军首长。那种当年被埋在朝鲜战场上的美国弹簧地雷，据说是踩上不响，挪脚才响。我不知道同事偷觑我是什么意思，但看到他忽然陷入踩了弹簧地雷的窘境之中，我还是赶忙掐灭烟头，离开我的办公桌，向办公室门口走了过去。

我记得晚报社会新闻版上曾登过一条这样的消息：在某单位，某男领导几乎天天待在女打字员的打字室里（那是女打字员自己的天地）。那男领导并无事情要向女打字员吩咐，也没有闲话对女打字员说，他只是坐在女打字员的侧后方，像只懒散的老猫那样无聊闲坐，连是不是在偷看女打字员的背影都不好肯定。因为每次女打字员心有余悸地回头看他，都发现他的目光是停在别处的，只是他口中的喘息声过于粗重。后来女打字员就精神分裂，发起疯来，一有男人看她她就说人家要强奸她。人们认为这和那个男领导在她屋中持之以恒的无事闲坐有些关系，于是男领导就被调到一个每个办公室里至少都坐两个人的单位去当领导了。我是男人，但我不是男领导，我没有权力让理应只身待在办公室里的人发疯。尽管我的同事也是男人，也不是女打字员，可从他偷觑我的目光来看，我担心他也有一根与女打字员同样脆弱的神经。我不是那种很愿意替别人着想的人，对我的同事是否会发疯并不介意；但有一个问题我不能不考虑，那就是，如果我的同事因我而发疯，我是没什么别的单位可以调动的，现在各个单位都在减员。这样，趁我的同事尚未发疯，我抢先离开办公室了。

走哇，慢走。

走啦，再见。

在我的同事和我的道别声中，我走出办公室，来到走廊上。这时上班的人们已经各进各的办公室了，幽长的走廊里空旷安静，只有两个清扫女工在无声地擦地。于是我清晰地听到了我身后的关门声，还有与关门声同时响起的电话铃声。我对自己的当机立断感到满意，显然，我没在办公室里过久逗留非常正确（我也没兴趣在办公室里过久逗留）。从身后恶狠狠的关门声中我判断得出，我的同事也愿意独处，他像晚报上说的那个女打字员一样，不喜欢我待在屋里碍他的眼；另外，我早一步离开办公室也免去了一个接电话的麻烦，要不然，如果那电话是找我的，我还得与人费些口舌。现在好了，即使那电话真要找我，我的同事也会告诉对方：他下班了，你晚上再挂吧。而晚上，想找我的人很可能就忘记了还要找我这一码事。

嗨——你的电话。我已经走到挨近楼梯口的拐角处了，我同事的喊声还是传进了我的耳朵。我回头，看到他身体的上半部分从办公室门里斜探出来，像一块被卷起来的门帘硬邦邦地悬着。我摇摇手说，就说我走了。我的同事说，是你妻子，我说你刚出门，能喊回来。

我只能一溜小跑地回到办公室来。

我之所以回到办公室来接这个电话，并不是因为我和我妻子之间有什么约定，或者是我怕她，妻子来了电话就一定得接。没有。我们没有约定，我们互相之间也不存在谁怕谁的问题。我回办公室来接电话，还要一溜小跑，是因为我不愿意为同事的胡乱猜疑留下把柄。如果我说妻子的电话也不接，你若是我的同事，你会怎么想？首先要想到我和妻子关系不好，吵架了，正赌气呢；再进一步会想到我有什么事情要背着妻子干，要回避甚至欺骗她；还能想到……我就不必多分析了，反正不接别人的电话还能找到理由，可不接妻子电话，至少在我同事面前是行不通的。

我拿起话筒，说了声是我。你怎么还不回来呀，我妻子的声音传了过来，都快八点三十五了，今天又有事吗？我妻子说话比较好听，一是音色好，再一个是音调好。音色是天生的，音调则是后学的港台味，软软的，不像一般本地女人，吐字发音都又硬又侉。没事，我说，我这正想往回走呢。我妻子说，那你快点呀，半小时内必须到家。我听出了妻子话里撒娇的味道。我问，有事吗？我妻子说，你这人哪，都多少天没见面了（我夜里上班她白天上班，我们见不着面属正常现象）……我今天上午可以在家泡半天。泡半天？我疑惑不解，你不好好上班在家泡什么？我妻子哼哼叽叽地说，大傻子，你准备好钥匙进屋自己开门，这么冷的天，我可就不下地了。我说你还没起哪？她嘿了一声，是制止我继续说下去的意思。人家不是在床上等你呢吗，她小声说（即使她大声说我的同事也听不着），我今天可想你了……我这才反应过来我妻子为什么急着挂来电话催我回家。

放下电话，同事问我出什么事了，一副寻根究底的表情，好像他又喜欢与我同处一室了。我说没事，我妻子让我——但话没说完我就停住了，我能告诉同事我妻子是让我赶紧回家和她上床做爱吗？照理说这样的事情家家如此，说也无妨。男人女人结婚成家，就是为了同房交媾，合乎法度地同房交媾，否则何必绑在一起。可遗憾的是，我的同事眼下没家，也就是说，虽然他也有过婚姻，可不久之前被妻子甩了。这样，我要是据实告诉他我妻子找我是为了什么，就好像是成心在刺激他。所以我停顿片刻又改了理由，我说我妻子要参加评副高的外语考试，让我回去当她导师。我熟练掌握英德两门外语人所共知，我以为这个理由能站住脚。可我忘了同事对我妻子的外语程度也有所了解，他立刻找出了我的破绽。你妻子英语水平不是也挺高嘛，还辅导什么？我一时有点张口结舌，只能设法把谎言编圆。是呀，她外语应该没什么问题，这回副高到手万无一失；可她，女人心细，总害怕这永远用不上的狗屁外语找她麻烦。同事深有同感地点了点头，意思是外语的确等于狗屁，看来他相信了我的理由。行呀，可同事忽然又酸溜溜地说，你家一个个年纪轻轻的，却马上就百分之百高级职称了……听同事这样一说，我在心里叫了声不好，我知道我还是刺激了他。我这位同事，比我大两岁比我妻子大五岁，可就是因为不会外语，现在的职称仍是中级。看来我编出个评职称的谎来，并不比如实告诉他我妻子为什么找我更高明些。其实我妻子即使外语真过关了，什么时候能等到副高名额还不好说呢，现在我拎出了这个话茬，等于是提前伤害了同事。当然伤害同事的不是我和我妻子是否都有高级职称，而是评职称要考外语这项规定。可规定那东西大而无当，同事想冲它表示点什么也够不着，他便只能把他的"什么"表示给我。

　　我能理解同事的心情，便没对他解释伤害他的是规定而不是我或我妻子以及我们略小于他的年龄，我只是安抚性地凑上去给他点烟，并使劲冲他摆手摇头，意思是我家都高级职称了也没什么了不起的。算不了什么算不了什么，我说，然后又调剂气氛地大声强调，我儿子还不是呢。在我后一句话说出来时，同事正把我为他刚点着的烟又重重按灭。他的本意大概是烦躁，可我理解错了，我理解成他是通过按灭香烟来抗议我说"我儿子还不是呢"这句话，因为我的话很容易被篡改成我是在拐弯抹角地占他便宜，尽管他并不是我的家庭成员。我以示歉意地又补充道，我说我儿子还不是呢，并不是影射你是我儿子……结果我话没落音，同事就变了脸色。刚才他脸上还有笑容，虽然那笑容酸溜溜的，但毕竟是笑容；可我一解释完，他脸上的笑容就一扫而光了，取而代之的是满面怒色。你怎么——你什么意思！没，没什么——呃意思——我说，我尴尬地冲他把两手摊开，我只是想说，我家，还没百分之百，我儿子……得了得了，同事使劲摆了下手，像驱赶一只扑向他的苍蝇，怎么跟你说话这么别扭呢。我说我真的，同事截住我的话头说好了好了别再说了。我就不说了，只看着他。同事低头看他的电话本，我直着眼睛看他。这么静场了好几分钟，同事首先耐不住了，他说你怎么还不走？我说，我等你消气呢。同事哭笑不得地挥着手说，好好好，我不生气，你赶紧回家吧。同事显然说的是假话，我希望能看到他真的不生气了再与他告辞，便没动弹。这回同事真急眼了，他伸出双手往门外推我，把手里的电话本都压扁了。

在我们单位办公楼里，一楼有个方形大厅，从楼梯上走下来，要穿过方形大厅后，才能走到大楼门口。也就是说，楼梯口与楼门口，是遥遥相对的两个口子，中间隔开这两个口子的，是一片名为大厅的开阔空地。一个人若在我们单位工作，不管上班还是下班，每天至少要被这两个口子吞吐两回（我们单位一楼没有办公室，所有的人都在二楼以上工作）。先被一只口子吞进来，再被另一只口子吐出去，反之亦然，一切都因直观而凸现出来。这种感觉非常不好，而造成这种不好感觉的一个重要因素，就是大厅。如果没有大厅，比如楼梯口与楼门口是保持恰当距离地连在一起的，你走过它们的感觉便只是通过；如果也有大厅，但两个口子能错开些角度，你的感觉也必然是更实用性的。可现在这种结构带来的结果是，一旦你来到大厅当中，也就等于是孙悟空置身于牛魔王的肚子里了，只是你无论如何也说不好哪个口子是嗓子眼哪个口子是屁股眼。现在我走到了办公楼一楼楼梯口处，意即刚刚被前一个口子吞进嘴里，待我走完直线穿过大厅后，就可以被后一只口子吐出去了。我的心脏提了起来，我担心面前的出口突然封闭。我情不自禁地看一眼毫无遮蔽的办公楼门口，用心品味着被楼梯口吞进大厅里再被楼门口吐出大厅外的虚幻感觉。结果就是这个时候，我看到我面前亮堂堂的口子被堵住了半截，有一辆黑色轿车，悄无声息地在办公大楼的门口停了下来。

　　我和那辆黑色轿车共处在同一条直线的两个点上，它在楼门口，我在楼梯口，中间隔着开阔的大厅。以前在我还年轻的时候，我不喜欢直线而喜欢曲线，因为我觉得，曲线能象征玄妙优美别致，而玄妙优美别致的事物，往往都是不错的事物。可此时我发现，直线其实也很不错，直线的简洁明晰具有更强的可视性，能让我迅速把停在大门外边的黑色轿车收入视野。当然了，停在楼外的黑色轿车与我无关，那是我们单位一位具体主管我那部门工作的领导上下班使用的交通工具。我现在夸奖直线也不错的意思，是说直线使我看到了正从黑色轿车里钻出来的领导，而我在他看到我之前就先看到了他，这为我及时躲开他避免与他走个顶头碰提供了机会。要不然，如果我们分别处于曲线的两端，彼此不能在最远点发现对方，走到了互相最接近的地方再行规避，就来不及了，也不礼貌了。

不过了解了我这样的心理活动，你千万别误会，别以为我与我的领导不共戴天什么的。不是那么回事。我与任何领导都没有矛盾，我之所以要躲开他，只是我认为一旦与他走个顶头碰，就要多出许多麻烦。如果领导对我无暇顾及，那倒好办，交臂而过时我与他笑笑也就行了。即使他对我的笑毫无反应，让我热脸挨上他的冷屁股，我也认了，人家是领导嘛，领导有权牛逼轰轰。麻烦的是我怕我的领导对我有暇关心，那样一来，光是笑笑就说不过去了，我得与他打招呼说话。当然我们只是说句吃了吗早上好之类的废话，也还罢了，可万一领导要多说点什么呢？他想多说，我不愿多说，他会认为我架子太大又骄傲了（刚来这个单位工作时我曾犯过骄傲的毛病）；可倘若他想多说，我就也多说，要是言多语失说错了什么，岂不更糟（刚来这个单位工作时我也曾犯过言多语失的毛病）。比如他说你夜班怎么才走哇，我能说白班的人迟到了吗？我若那么说了，他很可能会联想到我在说他，影射他上班也迟到了。甚至他会联想得更多，联想到我的潜台词是指责他坐公家的轿车上班还迟到。因为毕竟不是领导的人迟到还情有可原，不是领导的人使用的交通工具都是自家的自行车。若赶上骑的是辆中轴老化的自行车（比如我），蹬上几圈就会蹬空一次，那是根本没法骑得快的。所以，我想避开领导有正当理由。按眼下我目测出的这个距离，当我由楼梯口走到大厅中央的开阔地带时，领导恰好也能由楼门口走到那里。你想想吧，在那个空空荡荡的大厅中央，我和领导像电影里买卖毒品的黑社会头目那样四目相对地越走越近，我们若不交换皮包（那不可能），再不说点什么（也不可能），其情形将会多么尴尬。这样一来，我只能选择重新返身上楼。你知道的，我们单位大楼的一楼只是个大厅，没遮没挡，无处躲藏。所以我要避开领导，返身上楼是唯一的选择。

那是不是说我选择了返身上楼就要无止境地上起来没完呢（我们单位的办公楼计有六层）？也不是的，甚至我都不必一定非返回到我工作的五楼去躲躲藏藏。我面对的毕竟只是一个简单事件，就近到二楼去躲避一下，也就可以了。一来是对于二楼我不陌生，二楼的格局与五楼一样，以楼梯为中心，左边是一串办公室，右边是一串办公室；再一个，我还有数，二楼的工作人员是比五楼的工作人员更低贱一些的工作人员（没人划分过等级，只是人们约定俗成的看法），在他们中间我能如鱼得水。而领导的办公室都在三楼四楼（眼前这位具体主管我那部门工作的领导的办公室在四楼），他们一般是不会在二楼停留的。

可让我感到不巧的是，当我退着身子爬完通往二楼的楼梯，在二楼楼梯口准备朝一侧走廊挪脚步时，我听到一个女熟人在走廊的另一侧（不是我要去的那一侧）热情地叫出了我的名字，还问我来二楼有什么事。

前边我说过，由于二楼的工作人员比五楼的工作人员更加低贱，在他们中间，我也便能如鱼得水。可事实上，我说的"他们"，应该不包括这个女熟人的。以前我也在二楼工作，女熟人是我的部门领导，可后来我到五楼工作了，女熟人仍然留在二楼，她便把我看做了敌人。现在我不巧撞着她了，虽然她很热情，可我知道，她心里一定嫉妒死我了（像与我同一办公室的同事嫉妒我和我妻子的高级职称一样），所以我一时无话可说。同时，我的心中还泛起了悔意，觉得还不如硬着头皮走过大厅，去与领导打招呼呢。因为那样，至少我能早些离开工作单位，而一旦离开了工作单位，我尽可以只与我愿意与之打招呼的人打招呼，对那些我不愿意与之应酬的人，完全可以视而不见。可现在倒好，为了避免与领导打招呼，我必须来与一个对我心存敌意的女熟人打招呼，要是别人知道我是为躲避领导才来与女熟人打招呼的，没准会认为我讨厌领导，而对这个女熟人怀有某种暧昧的情感呢（别人不会知道女熟人对我心存敌意）。可事实上，我对他们一视同仁，都既不讨厌也不喜欢。

这时女熟人已经朝我走来，嘴里又问了一遍我来二楼有什么事情，显然我再置若罔闻是不合适的。为了快些摆脱女熟人那种笑里藏刀的虚假热情，我只能即兴撒谎说想上趟厕所，并且还故意装得脚步匆匆。女熟人听了我的解释看到我的表现，果然没再上前纠缠，只是若有所失地停下了脚步。我一口气走到男厕所门口，犹豫着是不是应该进去，因为我的肚子里边没有屎尿。可女熟人的喊声却从我身后追了过来，嗨，别往前走了，女熟人喊，你忘啦，我们二楼和你们五楼不一样，女熟人强调了"我们"和"你们"，再里边就是女厕所了。我回头冲女熟人笑了一下，看到她还站在刚才她止步的地方遥望着我。

我硬着头皮钻进了男厕所。照理说，钻进男厕所后，我是可以松口气的，毕竟女熟人不会跟我进来。我想我就在厕所门里站一会儿吧，片刻之后，我返身出来再下楼时，女熟人肯定已回到办公室了，而那个领导，他也能爬完楼梯的二楼部分了。可不巧的事情接踵而至，一进厕所，我就发现有一个年纪不小的老男人站在小便池边，吭吭哧哧地正在撒尿。估计他的前列腺有些问题，这导致了他撒尿也要像拉屎那样全力以赴，可即使他全力以赴地往外挤尿，他的尿路仍然不畅。我不认识他，不必上前和他搭话；可由于他的存在，我又无法就那么观光般地只站在他身后。厕所可不是鱼池花坛宣传橱窗，老男人也不是游鱼鲜花布告标语。如果我在厕所里只观光游览，年纪不小的老男人就有理由认为我心理变态行为下流，认为我进厕所就是为了看他或者嘲笑他那种吃力的撒尿法。看来既然进了厕所，我就也应该有所作为了。可我绝不能拉开裤子上的拉链与老男人并肩站在小便池旁。我没有尿，站在那里也会全力以赴却尿不出来，也会让老男人多心生疑有意见的。没办法，我只好大动干戈地站到一个用于大便的坑位上，半脱了裤子，蹲下身去，摆出一副拉屎的样子。当然正如你知道的那样，我屎也没有。

幸好那个年纪不小的老男人终于断断续续地撒出尿了，撒完尿后，他还痛痛快快地咳了两声。随着声道尿道的同时打通，他抖抖身子，一丝不苟地系上裤带，又一丝不苟地理顺领带，还在水龙头前洗手擦手，这才迈着方步离开厕所。我蹲得已经不耐烦了，听到他的脚步声响出了厕所，忙拎着裤子往起急站。可在我毛毛糙糙起身的同时，有一个什么东西砸在便池子上的当啷声，在我身下响了起来。我赶紧低头去看底下，却什么也没有，在我叉开的双腿下边，只有便池子上那个黑粗洞穴，像一只人的独眼盯着我裆间。我拎着裤子转过身来，再度哈腰往下细看，可还是看不出到底有什么砸在了便池子上。我断定是我兜里的一样东西掉了出去。我的兜都浅，时常会有零碎掉到外面，最常掉出去的是烟盒、打火机、电话号码本之类的东西。我很想把头贴得离便池子更近一些，可这时，我身后又响起了一串脚步声，并且那乱七八糟的脚步声还越来越近，使我不得不立刻收回那个向下俯去的别扭姿势。但我的意图仍没逃过来人的眼睛，还没等我抬起头来，我就听到了身后的问话：嘿，找什么呢你？我忙回头，看到在我半裸的屁股后边，侧身站着个熟悉的男人，他的裤子也像我那样拎在手里，但屁股全部裸了出来。我冲他笑笑，不知如何解释，因为我自己也不知道我要找什么。写字不描，拉屎不瞧。他继续说，说着已经和我调换了位置，蹲在了刚才我蹲过的坑位上。一蹲下去，他就不再理我，只是瞪着眼睛憋气，使他凸出的眼球展示出甲亢病人的外观特征。

我恋恋不舍地离开厕所，离开二楼，离开单位的办公大楼，站到冷飕飕的阳光下面。是的，阳光很好，但在冬天，只能给人冷飕飕的感觉。结果，是冷飕飕的阳光使我清醒过来，我终于意识到刚才我兜里掉出了什么。不是烟盒，不是打火机，不是电话号码本，而是我的自行车钥匙，从我裤兜里滑落出来，掉到了便池子的那个粗黑深洞里。

平常我的交通工具，与单位里大多数人的交通工具一样，是自行车。从家到单位或从单位到家，匀速蹬踏，一般需要二十五分钟。我这样一说你也就明白了，为什么我妻子那个催我回家的电话会在将近八点三十五时挂来，她细致地为我留出了五到十分钟的宽限时间。刚才，她一定是见我连宽限时间都超过了还没到家，才挂的电话。可现在我自行车钥匙掉厕所了，即使厕所的下水道也可掏可挖，我也是不能回去掏挖的。想想那个男熟人甲亢病人一样凸出的眼球吧，一个能被屎憋出来那种眼球的人，他会拉出些什么去覆盖我的车钥匙可想而知。我的意思是，本来我是希望按妻子的要求在半小时之内回到家里的，可现在自行车钥匙自己丢了，我的交通工具只是双脚了，这样一来，我无法正点回家便不该算作我的责任。当然也不是厕所的责任，也不是下水道的责任，也不是车钥匙的责任。在这个问题上，无须谁来承担责任。

想到要步行走回家去，我挺兴奋。要知道，读大学时，我还是个业余马拉松选手呢。我走到为我们单位看大门的那两个军人跟前时，顺嘴问他们急行军的一般时速应该是多少，他们问我问这个干什么，我得意地宣称，我想走回家去。可两个军人掐着指头算了一会儿，并没算出急行军的时速应该是多少，这时我身后却有人说话了，还是两个声音。嗨，你自行车呢？是呀，你为什么不骑车走？不用回头，我就知道，跟我说话的是收发室的收发大伯收发大妈。这老两口，没事总趴在收发室的窗口向外窥视，要是有贼，就算能逃得脱看门军人的眼睛，恐怕也得被他们发现。我回头对这老两口点了点头，说我车钥匙丢了，想走回家去。可听了我的话，挤在收发室小窗口上的两张老脸眨眼之间就剩下了一张，另一张脸从收发室的门口探了出来，接着人也出来了，是收发大伯。不挺老远呢嘛，怎么能走呢。收发大伯一边往身上披外套棉衣一边走到我的身边，使用的声调表情是那种收了人家大礼后又埋怨人家太破费的声调表情。天冷路滑的，走什么走。听我的，打个车，花不了几个钱。我说不是钱的事，我想走走是为了锻炼。收发大伯说，得了吧，那你为那两个补助费长年累月地上夜班也是为锻炼……

收发大伯的话让我无言以对。我上夜班，本来是出自领导的安排，有些人却总以为我图的是夜班补助，我多次解释也无济于事。这收发老两口就是这样，从我上夜班起就一直耿耿于怀，好像我不上夜班不拿夜班补助费，那笔外快能落进他们口袋（那是不可能的）。我的脸子沉了下来，想抬腿走人。收发大伯大概觉出了他有些失言，忙递我支烟说，我知道你爹妈都在农村负担重，家里困难，可不能负担重就委屈自己呀，身体是革命的本钱，咱都是官家的人……收发大伯脸上的诚恳虽然无懈可击，我却仍然看得出他那种想唆使我多花点钱的狼心狗肺。可在这种时候，想不上当也很难的，面对别人的曲线进攻，我反击的手段特别贫乏，只能是把那个"当"一上到底。我推开收发大伯递烟的手，在两个看门军人的注视下，话里有话地回了一句，谢谢你老对我的关心，那我就打车回家，看看十五元的车钱能把我花穷不。收发大伯比我老练，好像听不出来我话里的意思。这就对了嘛，他指着门外不远处的出租车乘降站说，坐一回车是坐不穷的。

　　街上的人流依然稠密，坐车的骑车的和步行的，都匆匆忙忙。看来上班的时段还没过去。在穿梭往来的人流之中，我不合时宜地站在路旁，当然为了和身后那个出租车乘降站的大白牌子相互匹配，我还吃力地站出了一种洒脱的派头。我知道我没必要别别扭扭地站在这里伪装忙人，我不该意气用事地和收发大伯斗气，和谁斗气我都必败无疑。可我又不好意思现在再抬脚离开出租车乘降站，我断定收发大伯一定没有回屋，而是缩脖端腔地隐在某一个角落里，冒着寒风监视我呢。我不想为他以后揶揄我留下话柄，我只能极目远眺，挥手叫车。

　　一辆白色的拉达车，像从天而降的一袋大垃圾，稀里哗啦地停在了距我两步远的地方。

　　这辆车实在是旧得过分，说它是垃圾绝不夸张。那个破破烂烂的车外壳上，油漆斑驳，坑坑洼洼，如同一条鱼被刮净以后，又披上了一层参差的鳞片。我厌恶地打量着它，犹豫着要不要开门上去。说实在的，百年不遇地坐一回出租车，却偏偏赶上这么一堆烂铁，我打心眼里觉得窝囊。

我正迟疑着上不上车，司机满脸堆笑地扭过了身子，去哪呀大哥？他的声音有些沙哑。去——尽管司机的态度让我感动，可对是否上这辆拉达我仍三心二意。回家，我告诉司机，但我并未立刻哈腰钻进车门，而是探头审视车内的清洁程度。司机笑得更甜蜜了，大哥真有意思，我怎么知道你家住哪呢。我说噢，我家住在——可我话没说完，身子却猛地被两个香气袭人的年轻姑娘给拱开了，她们拱开我后，就往车门里钻。哎哎哎，我把着车门叫，讲不讲个先来后到，我可已经等半天了。也许这就是竞争的意义。本来我并不情愿坐这辆破车，可现在，一见有人对这辆破车如此钟情，我也就觉得它值得一坐了。一个姑娘赖叽叽地说，我们有急事。我对她这样讲话很不满意，说，你以为我是闲着无聊要兜风玩去吗？另一个姑娘态度挺好，大哥，你行个方便，我们真的非常着急。我说不行，我先等的车，为什么要给你们方便让我自己不方便。前一个姑娘说，车不有的是吗，你为什么非坐这辆？我说，你这话说得，那你们为什么非坐这辆？那姑娘说，这拉达车太破了，你这么有风度的先生，应该等一辆桑塔纳。我说我就是想坐这破拉达，你们两位漂亮小姐等桑塔纳吧。说着我也去拱她们，往车里钻。可另一个姑娘忽然用挺上来的胸脯把我截住。大哥，她挤眉弄眼地说，要不让你摸一下，她指点着她那高高的前胸，你就把这辆车让给我们吧。我一下被她说愣住了，继而满脸通红地后退一步。

照理说，我应该把车让给她们，因为我已看出来了，她们是妓女。要知道，妓女的工作比较特殊，不像我们坐办公室那么轻闲，时间就是金钱这样的话，用在她们身上才更准确。再说了，她们穿得也实在太少，瘦瘦的毛衣短短的皮裙，严格说来只能算夏装，是夏初夏末时节的装束。可我偏要斤斤计较，是觉得她们不懂礼貌。照我理解，从事这样的职业，绝不该蛮横无礼，若想提高服务质量，必须有意识地从小处做起。这时前一个姑娘口气也软了，摸两下大哥，她转眼之间就温柔多情了，摸她一下摸我一下，说着她还捉住我的一只手，直通通地朝另一个姑娘的胸前杵去。我挣扎着把手抽了回来，嘴里嘟嚷着别这么客气。结果，她们利用这个空当，钻进出租车，将车门从里边重重关死。我只看到，那个被我摸了胸脯的姑娘从车窗户里探出头来，笑嘻嘻地冲我招手并说了句什么。我有些慌乱。我光顾担心收发大伯会不会躲在暗处目睹这一幕了，没太注意那个姑娘说的是什么，等我意识到她在问我是不是摸得舒服时，出租车已经跑出去了。假的！我气愤地高声喊了一句，还抬脚向前追了两步。你让我摸的是海绵！我站在出租车的尾气里叫。可叫完我又想到了收发大伯，闹不好的话，他躲藏的地方能听到我叫声，如果他凑过来问我什么是假的，那我可就不好解释了。

我忙把脸上气急败坏的表情收了回来，把指点前方的手臂软软地举起，冲出租车开去的方向挥了两下。我希望能留给收发大伯一个我在欢送熟人（临时遇到的熟人）的印象，希望他能把我的吼叫理解成再见有空去我家玩一类的话。

下一辆红色出租车停到我身边时，我仍然能回味出手掌中的柔软——不是人体的柔软，而是海绵的柔软。红色出租车是一辆桑塔纳，干净、华贵，在灰蒙蒙的天光里分外鲜亮。我高视阔步地坐了进去，还下意识地扫了一眼单位门口（收发大伯有可能藏在那一带）。司机长得五大三粗，一边发动汽车，一边问我去哪。去——哪？我张了张嘴，望着司机，没发出声音。司机扭头疑惑地看我。回……去大东区……我说，去大东区的……司机不耐烦了，大东区大了，具体地方？我抬头看看车窗外边，这时车窗外又站过来两个打车的人，指手画脚地问我走不（他们以为坐在副驾驶座位上的我是押车的呢）。我冲他们摆了摆手，又对司机说，先走吧，开起来再说。出租车缓缓开了起来，把另两个要打车的人留在了出租车乘降站。这时司机又问我去大东区的什么地方，口气更加不耐烦了。我让司机这种糟糕的态度搞得也很不耐烦，觉得把钱花给他心有不甘。我想都没想张嘴就说，那去八一公园吧，北门……可我话刚出口，司机猛地就把车又停下了。你说——去哪？八一公园呀。

八一公园？是八一公园呀。你他妈，耍我呀！司机把他粗壮的手臂向我杵来，我以为他要行凶打我，本能地把身子缩了一下。可司机到底是个还懂职业道德的人，他要挣钱，不愿惹事，所以他的手臂只是横过我前胸，将我这侧的车门一把打开。下车！他喊，你他妈别处扯王八犊子去……

第二章　工作的时候

他们一出了门，圣母像也不见了，华尼塔朝着那两个妓女的方向用两只手往头两边一放，像动物一样，扮成两只犄角。西吉斯蒙（无法照样做）对她说，他很羡慕她能禁得住命运的打击。路阴沉沉的，头上的天灰蒙蒙的，他俩看上去像是一对夫妇，所以鸡奸者和娼妓都不过来纠缠。

——芒迪亚格《闲暇》

—

八一公园与我的工作单位隔街相望，我穿过马路靠近八一公园的东大墙时，小心地回头看了眼我工作单位的大门口。还好，汇向那里的人都是匆匆忙忙地往敞开的大门里进，没人往外出；因而不大可能有人注意到我（收发大伯收发大妈肯定正监视进门的人呢）。我倒不是一定就怕有谁看到我去八一公园，但不被人看到，总要更好一些。

八一公园规模不大，更像是市中心一个闹中取静的大广场（一个被红砖墙圈起来的大广场），没有游乐场也没有划船湖，没有亭台楼榭也没有奇花异石，只有一些普通的树木野生的花草和残破的石桌石凳分布其间；唯一能带上点公园特色的，恐怕只是公园中心部位的喷水池了。这里的门票十分便宜，还为许多持有某种证件的人免费入园提供方便，比如离休证明、工伤证明、残疾证明、劳动模范证明、转业军人证明什么的，所以称它为福利公园也不过分。这里作为公园，较少情侣，基本上是老年人的天下，只是天气转暖后，才多了一些形迹可疑的中青年妇女。八一公园共有两个进出的大门，南边的是南门，北边的是北门。南门口对着的一条小街叫功勋路，功勋路的两侧分别是市文化局和市电信局，由于有这两局像二虎把门一样守卫着八一公园的南门，所以南门口一带显得肃静干净，也就是说，那边没有摆摊设铺的小商小贩。而北门口这边就是另一种景观了。由于北门口对面只是军区家属院的一堵高墙，在公园与军区家属院中间那不足一公里长的英雄路上，（上午十点以前）摆摊设铺的小商小贩完全可以制造出人山人海的效果来。这就是著名的八一早市。因为我现在刚刚下班，最需要的是找个地方吃点东西，所以我的目标是八一公园北门口外英雄路上的八一早市。

一般来讲，进入英雄路上的八一早市这种地方，需要有一些起码的"逛市"经验，准确地说，就是应该有些闯关过隘的思想准备：不论遇到怎样的围追堵截，都要做到不为所动。比如你本来只想吃一份早点，那么那个卖耗子药的即使把他的耗子药宣传成让你垂涎的山珍海味，你也不能以搂草打兔子的心态捎上一包；再比如你只是想修面理发，那么那个带功按摩的即使像强奸似的把你按倒在长椅上，你也不能随弯就弯地把你的颈椎腰椎交给他揉搓。否则的话，你就得把八一早市搬回家去，或者就得留在八一早市让他们为你服务到家。你要是不常来八一早市，从东口进入英雄路时，你最先遇到的将是打皮鞋油的那几个女人，她们脸上东一条西一抹地画得花里胡哨，乍看上去，就像刚为某种仪式做好准备的非洲土人。但好在她们还是用汉话和你交流。她们申请为你打皮鞋油时，恨不得趴在地上抱住你的臭脚先亲吻一番，然后又搞科普似的给你讲你皮鞋的质地与构成，告诉你打什么油将使你的皮鞋分外漂亮，进而使你这个人能更加精神，再进而你就会因脚下的光辉而吸引到女人（说这话时她们好像不是女人）。接着你继续往前走，紧挨着擦皮鞋油的那几个烤肉串的小伙子的话，就该让你不知所云了。他们一律白帽歪扣，胡须上翘，嘴唇翻卷，在烟熏火燎中发出越野摩托车才能发出的那种声音。当那一串抖动的声音发完以后，他们就要把一根根自行车辐条做成的铁钎子刺向你眼睛，唾沫四溅地对你讲一些你根本听不明白的话。他们的唾沫既喷到铁钎子串着的肉上皮上，也喷到你的脸上身上，而你即使把眼睛也穿到铁钎子上，也还是看不明白铁钎子上那红赤赤的皮肉来自何种动物，搞不清楚它们是羊的牛的。其实烤肉串的小伙子都是汉人，如果你和他们熟悉了，你问他们刚才发完那种摩托车的声音后说的是什么，他们就会告诉你，他们自己也不知道他们都说了什么。离开烤肉串的小伙子……所以，如果你不是为了买东西或接受某项服务，只是要去八一公园里走走逛逛，那你就接受我的建议，八一早市没散时别走北门，而是由南门入园。至于我，我说过了，我现在朝北门走，是为了解决早餐问题。

这时，我已从八一公园的东墙外拐到了英雄路上，依以往的经验，我的眼前应该是一派贸易红火的繁荣场面。可我刚一站到英雄路的路东口，立刻发现，眼前的情形不太对头，怎么说呢？就仿佛这里刚刚结束了一场瘟疫或者战争。我看到，此时的八一早市冷冷清清，短小狭窄的英雄路因为空旷寂寥都变得宽阔悠长了，那些卖早点的卖耗子药的理发的按摩的擦皮鞋的烤肉串的还有经营其他的小商小贩们，已经全部无影无踪不知去向，只有一些身穿公安服装的摩托车手在这昔日商贩们的领地上逡巡游弋。而我脚下这条平常盛人的街路，也已经变成了专门盛装垃圾的通道，那种零乱肮脏的程度前所未有。低头看去，可以发现，地上的垃圾几乎完整地覆盖了柏油路面，并且这些废弃物的成分异常复杂，品种也称得上丰富多彩，用应有尽有来形容绝不过分。体积大些的有旧麻袋、破帐篷、棘条箩筐、纸壳箱子；体积小些的有菜叶子、烂水果、变质熟食、油污抹布；其他的，还有诸如单只的破皮鞋、撕坏的旧背心、卷了角的学生课本、沾有黑污血迹的月经纸、内装稀溜溜液体的避孕套等没有道理扔在此处的破东烂西。这样的情形匪夷所思。我站在这些垃圾之中，东张西望地想看个明白，这个我几乎天天光顾的地方出什么事了。

嘿——我正满心好奇地左顾右盼，听到一声轻唤从我侧后方响起。那声音显然是从努力勒着的嗓子眼里发出来的，辐射开来，好像是水面受到震动后漾起的一轮轮颤抖波纹。师傅——我还没看清发出声音的人身处何方，我就猜到了，这人可能是在叫我。常来八一公园的人，如果彼此能看着面熟了，一般互相都称"师傅"。师傅，这呢。那人说，嗓音依然勒得很细，似乎是怕惊动远处的警察。我循声望去，看到了半张挤在墙洞子里的脸。那墙是八一公园的北院墙，巴掌大的墙洞子开在齐腰的高度上（估计是有人为了跳墙进公园成心凿出来的），此时那墙洞子被半张歪拧着的脸给堵死了。尽管那张脸露给我的只有半爿，但我还是看出来了，这是一张熟人（公园里那种熟法）的脸。

你早哇师傅，我打着招呼凑了过去，这，我用下巴点点英雄路，咋了？熟人小声但却得意地说，这，也不易外传……反正，我是目睹了全过程……熟人的口吻让我反感，我可不是那种吃饱了撑的瞎操心的人。我说好好，我还急着回家呢，就不问了。

说着我要离开墙根。哎哎，这回熟人倒着急了，你别走哇。他的半张脸在墙洞子里东挣一下西挣一下，大概是要看看我们跟前是否还有别人。没有别人。他挺吃力地继续说，你还不知道吗？那谁死了。熟人说出了一个人的名字。可我没太留意那是一个我也知道的名字，我以为他是在讲八一早市出了命案才造成了眼下的这么种局面。看着熟人那双乞求的眼睛（乞求我的提问）和那张扭曲的脸（似乎要从墙洞子里钻出来），我便没好意思抬腿走人，转而顺嘴问道，死人啦？同时我也四处瞅瞅，看有没有被保护的现场或残留的血迹。是抢钱还是打架，我问，凶手抓住了吗？凶手？你可别乱讲，熟人说，是老死的，病都没有。老死的？老死一个人怎么早市就——你听错了吧，我是说那谁死了呀。熟人这回提死人的名字用了重音。那谁——你是说，那个那谁？这回我听明白了，熟人说的是我们这座城市里一位德高望重的老领导。他死了跟这早市有什么关系……嗨，这你还不清楚呀，这八一早市不是前几年那谁极力主张建起来的嘛，当时那谁（他这回说的是我们这座城市里一位德低望轻的新领导）就不同意建，可碍着那谁（老领导）的资历，也就睁只眼闭只眼了。可这两天那谁（老领导）死了，那谁（新领导）就立刻动手，使用强力取缔这个不是由那谁（新领导）倡议建的市场。喏，熟人说着往我这边努了下嘴，我回头去看，发现对面军区家属大院的院墙上，多出了几个血淋淋的醒目大字：还八一公园以宁静！我问，那今天英雄路上还可以走吗？熟人答，可以。我又问，那今天八一公园也还允许进？熟人又答，当然允许，我不就在里边呢吗。我笑了。熟人说，快进来吧，从警察身边走也没事，他们不抓行人，只抓小商小贩。我站直身子，扭扭弯了好一会儿的腰。我得先找个地方吃点东西，我说，还饿着呢。那——熟人说，你吃完早饭来这找我。我说，那就不一定了，我也许直接回家呢。说着我慢慢离开了墙洞子。

我没朝八一公园的北门口走，也就是说，我没迎着那些骑摩托车的警察走，他们不抓我我也不想靠近他们。我往我的来路走。走出去一段路后，我回头去看，发现墙洞子里，影影绰绰地还挤着熟人的小半张脸。

我重新来到八一公园东墙外，沿着墙根往南走。在一个食杂店窗口，我买个面包（犹豫一下，把店主递给我的可乐推了回去），边走边啃地绕上功勋路，贴着八一公园的南墙继续前行。我是不知不觉地顺墙根走到八一公园南门口的，来到公园南门口时，恰好我手里的面包也吃完了。那面包是一种比较暄软的奶味面包，有点发黏。如果我始终吃它，倒也不会感到不适，反正前一口总能被后一口挤进嗓子眼里，咀嚼只是下意识行为；

可一旦吃完整个面包，咀嚼带来的不适才暴露出来，那些被口水浸泡过又糊在了牙床子上的面包屑，好像把我嘴里那些原本个头适中的牙齿都放大了，搞得口腔里胀乎乎的。我试图用舌头把牙床上的面包屑舔刮下来，可不行，越舔面包屑在牙床上贴得越紧。我只好停下脚步，背冲功勋路上的行人和车辆，面朝公园墙，把右手的食指单独伸出，探进了嘴里。可这样的动作我没法做得更加隐蔽，我的手指还没开始工作，就听到了有人对我发出的喊声：嗨，师傅，牙疼吗？我听得出来，喊声来自八一公园的南门口，接着我也看出来了，发出喊声的，是南门口铁栏杆旁坐着的那个看门妇女。

我想逃掉。

不过我是逃不掉的，八一公园南门周遭，根本没有藏人的地方。再说了，即使附近有一个地方可供我躲藏，我能顾头不顾腚地去猫起来吗？看门妇女已经看到我了，我再躲开，至少是失礼。我硬着头皮朝看门妇女凑了过去，由于尴尬，我右手的食指也忘记了从嘴里抽出，就那么像个刚断奶的孩子一样含着一根手指头来到了看门妇女的身旁。

你牙疼吗？看门妇女从她坐着的椅子里站起来，关怀备至地又重复了一遍她的问题。我这才想到，应该把手指从嘴里取出。我把手指取出，点了点头，同时还做出副痛苦的样子。也许伪装牙疼可以减少麻烦，尽管这不是我的本意（是别人替我伪装的），但我还是觉得这样做了没什么不妥。看门妇女说牙疼不算病，疼起来就要命。我说是的，我说这是一句俗语，我也知道。在我嘟哝我的话时，看门妇女又说，她当姑娘时经常牙疼，一疼起来她就要哭上一天。接着她问我是哪颗牙疼。正像你知道的那样，我只是被面包屑糊住了牙床，并不是牙疼，甚至自我记事以来，我的牙齿就从未疼过。我不知如何回答看门妇女的问题，我担心露出破绽。我假装疼痛难忍地把两腮捂住，问看门妇女，你哪颗牙疼？看门妇女愣了一下，说，是你牙疼呀，我牙不疼。我说我是问你以前当姑娘时哪颗牙疼。看门妇女想了想，指着左脸说，主要是这边下牙。说着她张开嘴，仰起脸，凑近了我。噢哈嗬哄哈哗（你看到洞了吗）？看门妇女口齿不清地问我，还把她嘴里的热气喷到我脸上喷进我鼻孔。我不能不看。我把手从脸上拿开，压下脑袋，看看门妇女大张着的嘴巴。看到了，我说，还挺大呢。这时看门妇女又想说话，但张着嘴她说不清楚，她的嘴巴就开始闭拢。而我不希望她将双唇合拢，合拢了她就可能问我别的问题，同时这一瞬间我还发现，她嘴里的内容煞是好看：那条粉红色的湿润的舌头，条件反射似的缩进探出，舌下部的唾液腺不时制造出又破灭掉几个亮晶晶的气泡，舌表面的舌苔以不甚规则的黄白斑纹形成了向四周扩散的放射状线条；她的整个口腔上膛，光溜溜的，薄得脆弱，红得新鲜，像个宏伟大殿里刚被喷涂过的精致穹顶，一些横七竖八的微凸筋脉是穹顶横梁，舌根部的小舌头则是大殿立柱；她没有口臭，吐气如兰，口腔尽头的嗓子眼很暗很深，口腔外端的牙齿很齐很白……我还是头一次这么细致地观察人的口腔，里边的内容让我着迷。我伸出两手，去捏看门妇女的两腮，以使她的嘴巴能继续张大而不是闭拢。可看门妇女却很敏感，她急忙拉开我的双手，脸色红红地环视左右。让人看见，她小声说，带点责备，也带点娇嗔。我也不好意思地看看左右，然后小声说，没人往这边看。

话一出口我脸也红了，我用这样的口吻与她讲话，似乎是要把她与我的关系拉近一层。可实事求是地讲，我并没打算与她加深关系，我与她说话的口吻之所以显得别有意味，其实是受了她的传染。果然，看门妇女听了我的话，在松开拉着我的手之前（刚才她在阻止我捏她两腮时拉住的），使劲地抠了抠我的掌心，使得一阵奇痒从我掌心传递到脚心。没人看也不行，她像个小姑娘那样羞答答地说，咱们可都是结婚的人了。这时我的手已从看门妇女的手里抽出。我讪讪地说，对，对对，那再见了。说着我想转身离去。你要去哪？看门妇女却又把我拉住了，我也没怪你呀。我说，可，可我想回家了。看门妇女说，都走到这了，哪能不进去呢（她是指进公园）？不了，我说，想回家睡一觉去。看门妇女说，得了得了，春暖花开的，回什么家。然后又说，大白天的睡什么觉——你老婆也不上班？她这后一句话才真是别有意味了。我一时不知说什么好，我已不敢再受她传染。看门妇女见我阵脚都乱了，又正色道，再说了，人家求你的事不提不念的，就忘啦？我这才想到，为什么刚才一见到她，我首先想到的是要逃掉。

由于八一公园算不上个正规公园，它的管理人员便少得可怜，凡是到这里多来过几回的游人，很容易就能和那几个管理人员熟悉起来。我一般很少主动与别人搭话，可既然常来常往，也还是和几个管理人员都熟识了，熟识他们的用处在于进门时不用回回都掏证件。当然了，他们中与我最熟悉的，只是这个看门妇女，因为不久以前，她曾借故求我办事和我聊了挺长时间。可她究竟求我办什么事情，我却一时想不起来了。我只记得，她好像是求我帮她打听点事，也并不至于让我过分为难。我想重新再问问她，她求我打听的是什么事情，可又觉得不好，我担心会让人家感到我不尊重人，不把人家的托付当一回事。我这时已被她拉进公园的铁门里了，努力去想她求我办的是什么事情。

我没忘，我斟酌着词句说，别着急嘛，我正打听呢。看门妇女撇撇嘴说，这么长时间了，还没打听出来？你们这些当官的呀，根本就不把咱老百姓的死活挂在心上。看上去，她并不为我没完成她交给我的任务而特别着急，这让我也松了口气。看门妇女知道我在哪里工作，在她的概念里，工作在我们那幢大楼里的人都是当官的。我没解释我不是官，我解释了她也不会相信。我还是想再找几句话把她要求我办的事给套弄出来。可正在我琢磨着怎么开口时，她和又一个来公园的人已经亲亲热热地说上话了。我没法再问，只能慢慢地走上通往公园右边的青砖甬路。

　　一旦摆脱看门妇女，独自走上通往公园右边的青砖甬路，我嘴里的不适又发作了。那些糊在牙床上的面包屑，似乎在刚才我忘记它们的那段时间里经过了发酵，造成的膨胀感更加烈。我赶紧走下甬路，来到一棵比较隐蔽的老槐树下，迫不及待地把右手的食指又塞进嘴里。由于经过了舌头的反复舐舐，我嘴里的面包屑早成面包泥了，我的手指触摸上去，感觉到它们的表面非常光滑。我估计，如果我能像看见看门妇女的口腔那样看见我自己的口腔，我会发现，它们一定与瓦匠们糊到墙上的那种东西没有区别。我尽量让圆粗的右手食指在嘴巴里边灵活一点，上下左右地来回掏挖，并且每掏挖两下，我就把手指拿出来往空中弹弹，同时还把落在嘴里的面包泥吐到地上。你可以想象，我的样子有多么不雅。在我把右手食指插进嘴里之前，我用手绢将它擦过（前一次也擦过），但手绢和手都太干燥，即使擦了，也不能使其显得干净一些。好在那是自己的手指。接下来，随着手指在口腔内壁的反复摩擦，口腔里又泛滥起一股难闻的气味，那气味一飘出嘴唇就直入鼻孔。我皱皱眉头，幸好那气味也是自己的气味。

后来我用手指清理口腔的工作就告一段落了，吮吮嘴巴，感到虽然以指为帚的这一番打扫不很彻底，但再进行下去也不可能了。我把湿黏的右手食指从嘴里抽出，没立刻弹掉上面的面泥，而是竖在眼前，对着阳光，耐心地看——我期待上边湿黏的东西能在春风里风干。开始我以为，风干以后，没准它们还会回复为面包屑的模样：略微酥脆，仍能入口。可我猜错了，不是那样。如果有兴趣你不妨试试，进过嘴的面包风干以后，只能变成一些形状极不规则的干瘪面渣，并不能恢复原来的模样。我感到失望，把手指上的最后一点面渣也弹到了地上（不再是弹向空中）。在这最后一次弹手指时，我很偶然地低了下头，结果在老槐树一侧暴露出来的树根下边，我看到有一群蚂蚁正在成群结队地拖什么东西，形成了一个壮观的场面。那被拖的东西，足有二十只蚂蚁团在一起那么大个，但蠕动着的蚂蚁却聚积而成了更大的一团，已将那东西覆盖得严严实实，让我无法看到它的本来面目。蚂蚁的搬运卓有成效，那东西转眼之间就被移近了树根，树根下边有一只蚁穴。我很想蹲下去看个究竟，看看那东西是不是我吐出弹出的面包屑，可就在我下蹲身体时，我瞥见树荫外边的青砖甬路上，有一个人在专注地看我。

不用扭头，只凭眼角的余光，我就看清了那人是谁。或者说，是他的轮椅使我做出了他是谁的准确判断。

你找什么呢？我都看你半天了。摇轮椅的男人先开口了，可能为了表示与我的亲近，他还想把轮椅摇下甬路。我不能看着他把轮椅摇下甬路，要是下了甬路想再摇回路面，若没人帮助就太麻烦了。我冲摇轮椅的男人使劲摆手，一边说甬过来甬过来，一边向他走了过去。他的轮椅停在路边，我站在草丛里扶住轮椅。你——好吧？我接过他递给我的一支烟，不知道下边该说什么。你找什么呢？摇轮椅的男人把烟点着，继续问我。我咧咧嘴，想照旧用"牙疼"搪塞过去，可没说出口，我怕他再问我牙疼和待在老槐树底下有什么关系。我又想说我车钥匙丢了，来这找找，可我还是张不开嘴，我忘记了丢车钥匙的事我以前是不是曾跟他提过。这个自称当过侦察兵的残疾人敏锐尖刻，我可不想在他这里自找麻烦。我如实告诉他我在看蚂蚁，我宁可被他看成一个无所事事的无聊之人了。蚂蚁搬家，是那么齐心协力，我认真地说。

接下来，我一边问摇轮椅的男人是不是往战场去，一边就推动了手下的轮椅。摇轮椅的男人看我一眼，点了点头。"战场"是八一公园里最偏僻的角落之一，与平常我喜欢待的地方相距不远。给那个角落取名为"战场"的，是这个摇轮椅的男人和一个玩健身球的老人，他俩常在"战场"下围棋。在八一公园，下围棋的人极少，而固守在一个偏僻角落里围着一张碎了一半的石板桌子下围棋的人，就只有他俩了。他们告诉过我，他们之所以给自己下围棋的地方取名为"战场"，是因为他们两人都上过战场：玩健身球的老人二十世纪五十年代初上过朝鲜战场，坐在轮椅里的中年人七十年代末上过越南战场。

我推着摇轮椅的男人往战场走，他两手悠闲地松开了摇把。我想我得找个由头离他而去，要不然，从甬路这里把他推到战场，可还有挺远的路要走呢。我不是嫌累。我这么高高大大一个老爷儿们，再重的东西放我手里也算不了什么。我是嫌烦，烦我手中轮椅车上推着的不是什么东西，而是个活人，是个目光敏锐说话尖刻的有残疾的活人。如果这人不是残疾，不是每回见面都主动打招呼热情让烟，我跟他也就不会弄得熟头巴脑，不必从礼貌着眼当他的车夫了。可挺多回了，只要在路上与他相遇，我就很难打个招呼便掉头而去，我总是要一直把他送到"战场"，然后才折向我常待的角落。这就是习惯，任何习惯一经养成，都会变成甩不掉的负担。

这时摇轮椅的男人仄歪了身子，把又一支烟向我送来。我伸手推开了。不过他的动作提醒了我，我想在我找到离开他的理由之前，我得本着先下手为强的原则，先提点什么问题让他回答；不然的话，他抽上烟后，就该没话找话地向我提问了。

我说师傅，可有挺长时间没看见你了？我清清嗓子，抢在他没话找话之前先没话找话。我——病了，摇轮椅的男人猝不及防，他没想到我能先没话找话。他很清楚，一般情况下，我这人并不没话找话。怎么了？我装出挺关心的样子问，是不是到了春天，气候一变就感冒了？摇轮椅的男人笑了笑，是有点自嘲的那么种笑。他妈的，跟气候无关。跟气候无关？我说，那怎么搞的，那天在公园门口我见你和一个老太太一块出园还好好的呢。噢，那是我妈，就是让她给我惹出毛病的。你不是说你妈对你可好了嘛，怎么会给你惹出病来？哼，她来找我回去是让个来路不明的半仙给我算命。算命？准吗？准个屁，胡扯。那也不至于就招出病来吧？嗨，是相思病呀，那个半仙说我还能找着媳妇，然后我妈就满世界地求媒婆去。这也是完全有可能的，一个女人跑了不一定别的女人就不来吧，你可是英雄呀！这摇轮椅的男人曾经讲过，当年他从越南战场上刚下来时，命还没彻底保住呢，一个女中专生看了报纸上他的事迹报道，就爱上他了。可结婚不久，又离他而去了。我说，那你害相思病思的是谁呀？摇轮椅的男人说，就是呢，有个对象也算我没白病一场，可我根本就没思什么具体的女人，我就是光想有个女人，再成个家，就病了。我安慰道，也许现在没有具体的女人，半仙给你算完命后，再加上你妈一番忙活，你还真就能碰着肯嫁你的女人呢。得了吧，我才不信呢，摇轮椅的男人说，他全是胡扯，居然说我至少杀死过五个人。这不正对吗，我说，你告诉过我和那个玩健身球的老爷子，你一个人打败了越南人一个班。我说吗？摇轮椅的男人回头看我，顽皮地笑笑，那也都是胡扯。接着他情绪就低落了下去，我是编瞎话逗你们呢。

我们终于来到了"战场"。

有些日子没来这里了，我看到那张碎了一半的石板桌子更加破败，上边落了一层沙土。石板桌旁，有一株粗杨树，翠绿的树叶把阳光从上方筛落下来，把地上和石板桌子涂得斑斑驳驳。有几只小鸟在枝头啁啾，偶尔的它们也会俯冲到地面，把它们相中的食物叼进嘴里，再腾空而起。我把摇轮椅的男人在石桌旁安置好，又帮他把围棋从车上挂着的兜子里拿出来，摆上石桌。

该做的我也算都做完了，我往平常我待的角落张望一眼，想告辞离去。可摇轮椅的男人抢在我告辞之前又递过烟来，坐会儿，他指指他对面石板桌子另一端的大石头。不想坐了。可我嘴上这样说着，不知为什么还是接过烟来。总看那些外国书有啥意思，摇轮椅的男人也往我常待的那个角落看了一眼，你又不做外事工作。我笑笑，没置可否。摇轮椅的男人知道，我来八一公园，是为了"看外国书"。要不，咱俩来一盘？摇轮椅的男人指指围棋，把一枚白棋子按到棋盘上再拿起来。我不会，我说。那怕啥，他热情地说，我教你，用围棋消磨时间过得最快了。我被他这么一说还真动心了，但我担心他是另有所指。我看他一眼，他眼睛挺透明，除了热情没别的。我坐到身下的大石头上，低头抚摸黑白棋子。棋子浑圆，薄而凉爽，托在手里沉甸甸的。你，我抬头问，是在部队学的棋吗？不，摇轮椅的男人答，我小时候就会，我还在区业余体校的围棋队打过比赛呢。就是嘛，我说，我听说过学艺从小这话，我现在学棋未免太晚了。摇轮椅的男人连连摇头。不晚不晚，又不是打专业队，自己玩嘛。跟我下棋那老爷子，是五十岁上学的棋，你晚什么。我没想到五十岁了还能找着事做，心里不觉又动了一下。你和那老爷子——谁下得好？我又问。我俩？摇轮椅的男人说，差不多吧，不过我们最后一盘棋没能下完。当时他形势好点，可也有漏洞，他太急于求成，就激动了，一家伙趴在这桌子上，把棋弄乱了。

我让摇轮椅的男人说得心里发紧，他，血压高吗？他心脏不好，摇轮椅的男人倒挺从容，掬起一把棋子在手里摩挲。如果我腿脚灵便，没准能来得及掏他的救心丸。你没掏着药？我掏出来已经晚了。那他——他就死在了你坐的地方。

我一下子跳了起来，战战兢兢地看屁股下边。屁股下边太平无事，只有一块光滑的石头。我又坐下，不好意思地妞怩着身子。多长时间了？我问；接着我好像就想到了什么，说，你是因为老爷子的死，才病的吧？瞎说！摇轮椅的男人似乎被我击中了要害，有点急眼，啪地把一枚棋子拍在棋盘上。他跟我有什么关系，我为什么要为他病！我怔怔地看他，莫名其妙，很想起身一走了之。但我站起身后，并没走开，我知道残疾人的心理往往更加脆弱。我掏出烟来，递他一支，然后抽着烟在他和石板桌子周围走来走去。我来回踱步的跨度越来越大，我是想把烟抽完后再自然而然地离开。可这时摇轮椅的男人又把口气缓和了。也许你说得对，他说，他一死，我再来这里就没伴了。他的声调有些感伤。我天天摆上棋盘在这里等人来，可路过这里的人都不会下棋，或者说没人愿意跟我下棋。他又盯住我的眼睛，好像在求我。你跟我下好吗？你就学学棋吧。我说，我今天还有不少事呢，想早点回家。摇轮椅的男人说，我可从来不想回家，我没家。然后又说，也是，光有个老妈的家不算家，总得有个媳妇才能叫家。我接不上话，他继续说，你跟我不一样，你有家，不光有老婆还有儿子……

　　我常待的角落，已经被人占了。

　　这样的事情以前也有过，当我来到我常待的角落时，看到我的"躺椅"已不再对我虚席以待，而是有了别人在上面歇息。面对这样的情形我无能为力，尽管那并不舒适的"躺椅"是我用木板石块和红砖一手搭建的，但它也并不因此就赋予了我独享的权力，我无法将占我领地的人驱赶出去。只是以往侵入我角落的人，多是一男一女，且也就在我的"躺椅"上或坐或卧。一般来说，一见到上述情况我总是扭头便走，担心不走会惹来侮骂。可现在看到我的角落被人占了，我却并没立刻离去，因为此时待在这里的人不仅不是一男一女，也并没占领我的"躺椅"。我看到，站在"躺椅"前面空地上的那个男人，和我年纪不相上下，他手里挥舞着一把尖头铁锹，正一下下地在地上挖土掘坑。他扬一下铁锹嘴里"嗨"地轻叫一声，说不好是在运力还是在叹息。他手里的铁锹锃明瓦亮，透过树杈洒下来的阳光打在锹板上，能反射出刺目的光点。在他身后左右，上蹿下跳地活跃着一条体毛黑亮的狗，那狗虽然个头较大（与一般宠物狗比），但并不显得如何凶蛮，在主人身边，它倒始终扮着一副亲昵昵娇滴滴的小鸟依人相。在离挖坑男人和半大黑狗几步远的地方，有一个长方形的黑布包裹摆在树下。

我对这个陌生的男人（以前在公园里我没见过他）在我常待的角落里挥锹掘地有些想法，我咳嗽一声向他走去。

是他的狗首先看到我的（挖坑男人肯定能听到我的咳声，可他没有回头）。一看到我，那狗即刻一改刚才的小鸟依人相，动作敏捷地跨前一步，挡在我面前。我的想法只能转化给狗了，转化成了对狗的恐惧。挖坑男人这时才站直身子，以锹拄地，一脸防范地打量着我。你，你能让你的狗，离开我一点吗？我说话的声音都打起颤来。挖坑男人想了一下，低声喝道，倩倩，回来。那条叫倩倩的黑狗回头看看主人，慢慢后退，退回到了树下那个长方形的黑布包裹旁边，但还虎视眈眈地逼视着我。我不敢与倩倩对视，尽管它的名字很女性化，我只能看挖坑男人脚下的坑。那坑的开口约一米见方，已挖下去有两尺深了。从坑口的横切面看得出来，此地的泥土比较松软，上面一层被踏得较实的呈灰色，夹带着纤细腐朽的败叶残枝；越往下土质越黄，也湿润，稍黏稠，由于刚接触到阳光空气，新鲜得仿佛可以吞食。挖坑男人大约感觉到了我的出现并无恶意，他便抹把头上的汗，又开始挥锹挖土了。

他不理我，使我变得非常无聊，一无聊想法就重又聚上了我的心头。请问，站了片刻，我开口问，你为什么，在这挖坑？挖坑男人没有看我，看了一眼旁边的倩倩。倩倩似乎又要跃跃欲试了。我忙说，我只是随便问问，没别的意思。我往"躺椅"那里挪了两步。这个地方，是我平常看书的地方，那椅子，都是我搭的……你——你喜欢这里？挖坑男人再度拄锨站直了身子，听声音他的态度友好了一些。是呀，我赶忙说，这里肃静清爽，好像风水也好，所以你在这挖坑……是这样，那对不起了。挖坑男人彻底卸下了脸上的警惕。我不知道有人固定来这里，我也觉得这里挺好，才来挖的。我在这公园找一早晨了，才找到这么一块让我满意的墓地……墓地——我惊讶地叫了一声，那条叫倩倩的黑狗也叫了一声。我再跟你说句对不起行吗？挖坑男人仍面无表情，如果我找到这里时你已经待在这里了，我是不会在这里挖的，可你看——是的，对于一个想要挖坑的人来说，是没有道理把一个初具规模的坑轻易放弃的。看来我已无法阻止这个男人继续把我的栖身之所变成墓地了，我只能怪看门妇女和摇轮椅的男人耽搁了我来这里的时间。

　　也许是挖坑男人"墓地"的说法引起了我的好奇，也许是我想在曾属于我的角落再多待一会儿，反正我没走，我默默地坐到"躺椅"上抽烟。挖坑男人不会没想过要把我驱走，但他犹豫一下后就又继续挖坑了。看来他是个挺讲道理的人，他为侵略了我的领地感到不安。

　　由于土质松软，铁锹锋利，又过了不长时间，土坑便被挖好了，方方的，深深的，确实像口小型棺材。挖坑男人再次挂着铁锹打量他的劳动成果，本来一直待在几米开外的倩倩也凑过来低头向坑中嗅去，我也好事地探头探脑。我看到，土坑没什么特别之处，唯一值得人多看一眼的，是坑底一条几乎与泥土一样颜色的蚯蚓那种雍容大度的爬行动作。挖坑男人扔下铁锹，哈腰梳理倩倩的体毛，等坑底的蚯蚓消失之后，他才纵身跳进坑去，起来蹲下地前后察看。他目光挑剔，一丝不苟，间或还从兜里掏出把水果刀修理坑壁。在他做这一切时，倩倩十分安静地蹲在坑边，头也像他一样微微低垂，似乎满腹心事，淡黄色的眼睛半开半掩，脉脉含情地凝望着他。挖坑男人爬出坑来，让倩倩趴下，从兜里掏出一条天蓝色的窄布条（女人的发带？），松松捆住倩倩的后腿，又示意倩倩跳进坑里。倩倩显然不大情愿，不过它还是遵从了主人。它跳进坑里，眼中布满惊慌和胆怯，紧张得呼呼大声喘息。但随即挖坑男人又指示倩倩爬出坑来。这一回倩倩高兴了，它使劲抖掉身上的湿土，向上耸耸脊梁，四足发力纵身起跳。可虽然它是全力上蹿，却没能顺利攀上坑壁，再用力一蹿，还是重新掉回了坑底。是捆绑住的一双后腿限制了它的能力发挥。挖坑男人指指倩倩，慈爱地低声骂了声笨蛋，然后把铁锨探进坑去。倩倩赶忙用两只前爪搭牢锨背，借助挖坑男人的拉力和两只捆在一起的后爪的蹬力，踏上坑沿，跃出了土坑。倩倩一出土坑便如释重负，撒着欢围着挖坑男人转起了圈。用牙齿轻轻拉他的裤角，用舌头反复舔他的手背，又把身子一下一下地朝他怀里偎去，好像在埋怨又好像在致谢。

挖坑男人拍拍倩倩肥厚的臀部，倩倩善解人意地靠到一旁，静静地看主人打开那个长方形的黑布包裹。我的视线也被那个黑布包裹吸引了过去。那个长方形的包裹一除去黑布，露出来的是一只镂花木匣，我分析了一下，认出那是一个精致的骨灰匣，我甚至还看到了嵌在匣上的一帧照片。我猜到挖坑男人为什么要把这个土坑称为墓地了。我一时感到羞愧难当。一个满面忧凄的人在这公园里掩埋亲人（至少是亲近的人）的骨灰，我却悠然自得地坐在一旁看热闹，我觉得我真变成一个无聊之人了。我忙悄悄挪步，想离开这个我也许永远不会再来的熟悉的角落。

可是，接下来发生的事情却让我震惊，让我很难置之不理。我看到，当挖坑男人紧紧拥抱了骨灰匣后，就把那木匣塞给了倩倩。倩倩也像它的主人那样把骨灰匣紧搂在怀中，神色庄重地注视着挖坑男人。挖坑男人泪流满面，紧咬着嘴唇，把抱着骨灰匣的倩倩抱进怀里，紧紧搂着。骨灰匣在倩倩怀里，倩倩在挖坑男人怀里，挖坑男人慢慢向土坑走去。我站在距土坑几步远的地方看着这一切，心脏一点一点地揪了起来。你——我声音走调地叫了起来，你要干什么？挖坑男人看我一眼，但并不回话，他把抱着骨灰匣的倩倩放进了土坑，这才难以抑制地抽泣起来。他边哭边用双手往土坑里填土，同时在叫着倩倩的名字。倩倩，倩倩，他哭着叫，倩倩，倩倩……我向他冲去，想阻止他对狗的活埋。可他使劲把我甩开，你别管我！他发疯似地冲我叫喊，你不要管我！还将一把沙土向我扬来。我揉去眼里的沙土以后，再次靠向挖坑男人。这时，在挖坑男人颤抖的手下，一捧捧泥土正流向坑中，湿润的泥土像液体一样，均匀地覆向了倩倩和它怀里的镂花骨灰匣。而此时的倩倩却不喊不叫，不挣不闹，也不再像前一次跳进坑后那样试图逃走了。它似乎已对自己的使命了然于胸，任泥土逐渐掩埋了它的后腿尾巴以及屁股，它却只是紧抱着骨灰匣卧坐于坑底，神情肃穆，纹丝不动，成了那方镂花骨灰匣的忠实卫士。

这样的场景有点惊心动魄，我的眼里也流出了泪水。我对挖坑男人喊，你用锹埋吧，你快点埋，你不要让它多受折磨……

可就在这时，就在我拿起铁锹想去帮助挖坑男人时，我和挖坑男人都注意到，坑中的倩倩有了异常反应。它的耳朵竖了起来，一双眼睛机敏地转动，身子也在泥土中使劲上拱，口鼻中呼呼的喘息声陡然加大。与此同时，我和挖坑男人也都听到了，我们身后传来了喊声：好哇，躲这来了，你躲到天边我也找得着你！

我和挖坑男人同时回头，看到是三个彪形大汉冲了过来，发出喊声的是三人中为首的那个胖子。在他们身后，还有一辆蓝色长箱货车若隐若现地停在树丛外边的草坪上。

我弄不明白这是怎么回事，但我想挖坑男人肯定知道是怎么回事，他一定还知道，再次用手填土埋葬倩倩已来不及了，他必须接受我的建议，以锹代手。可是用铁锹向坑中填土也来不及了，走在前边的胖子发现了挖坑男人的企图，他冲上来三把两把就抢下了铁锹。你这性质可就变了，他一下一下地晃着铁锹说，你要私藏非宠物狗，这是对抗政府。与此同时，那两个随从已贴近坑沿，用一张大尼龙网去罩倩倩。困在坑中的倩倩不会不明白它的处境，不会想不到应该逃跑。可它的后腿被发带捆着，它还要保护怀里的骨灰匣，因此它只能束手就擒。胖子手下的两个随从用大网把倩倩拎出坑后，看看它被捆住的后腿，就没再绑它，他们冲车那边喊能开过来不。挖坑男人脸色苍白，他嘴里叫着倩倩倩倩，去接倩倩怀里的骨灰匣，并拥抱倩倩。三个大汉相视大笑，嘲弄挖坑男人的人狗情长。

由于挖坑男人要从倩倩怀里拿出骨灰匣，所以他得把罩在倩倩身上的大网褂下一些，而把大网褂下以后，他也才能更方便地拥抱倩倩。为首的胖子注意到了挖坑男人在褪倩倩身上的大网，他张嘴制止。可他的制止已经晚了，只见挖坑男人右手一弯，忽然掏出水果刀来，不顾一切地刺向倩倩。三个大汉哎哎哎喊着扑了上去，使挖坑男人没法拔出刀来刺第二下，倩倩惨叫着跳到了一旁。这一回倩倩大概是想跑了，可是挖坑男人的厉声大喝使它又停在了原地：倩倩，回来！挖坑男人也站了起来，而且他手上不知什么时候已操起了那把刚才还在胖子手里的锋锐铁锨。手持铁锨的挖坑男人环视周围，涂抹在他脸上的泪水和泥土把他搞得面目狰狞。周围的男人都不敢靠前了（包括那三个大汉也包括我），只有倩倩拖着还插在胸前的水果刀和流到地上的血水向他爬去。趴下，闭上眼睛！他又喊。倩倩最后看他一眼，趴到他脚下，闭上了眼睛。这时那三个大汉醒过腔来，一齐喊叫着向前扑去。可来不及了，他们抓住挖坑男人时，挖坑男人已扔下铁锨瘫在了地上。而在此之前，他高扬的铁锨早就把倩倩的半个脑袋劈了下来。那一刹那，皮肉与利刃相交，发出一声裂人心肺的巨大声响，倩倩的半边脸眨眼之间便飞了出去，涌出的鲜血四处溅进。倩倩的身体随着咔嚓嚓的巨大声响，先是轻盈地弹跳到空中，接着又重重地跌回到地上。

这时停在远处的那辆蓝色长箱货车已经辗压着青草开了过

来，胖子拎着挖坑男人的脖领子把他从地上拉起。他妈的，胖子说，本来老子是只管狗事不管人事的，可你妨碍公务，老子只能连你一块管了。胖子扭头吩咐他的随从，都带走，死狗活人都带回去。挖坑男人挣扎着喊，骨灰盒，骨灰盒……可没人理他，他被拖向货车。你和他一块的吗？胖子都走到货车跟前了，又回头问我。不，不是，我节节后退着说，不是不是不是……

　　一般常来八一公园消磨时光的人，不管由南门进园还是北门进园，都能目的明确地分别奔赴三个地方：唱歌跳舞扭秧歌的人去"百鸟坡"，聊天说话侃大山的人去"喷水池"，打牌下棋玩麻将的人去"小石林"。而像我这种，像摇轮椅的男人和（活着时的）玩健身球的老人这种耍单帮的，分散在上述三个地方之外的偏僻角落的，也有一些，但数量极少。当然还有个别偶尔来公园走走看看的人，可他们不管是出现在百鸟坡喷水池小石林这样热闹的地方，还是隐身于鲜有人迹的某一个角落，常来公园的人总是一眼就看得出来他们是自己领地的侵入者，因而与他们极少发生联系（如果时间一长他们由侵入者变成了常客，那就是另一回事了）。现在就是这样，当我裹携着满身血腥气慌慌张张地向小石林区域走去时，一个独自坐在一株大树下的老人离老远就冲我招手致意，而对他附近一个好像在跟他说话的文质彬彬的中年男子则不理不睬。那中年男子尴尬地置身于我和老人之间，待我经过他身边时，他又转而与我搭话。请问，他说，我从哪条路能绕到西门去？他穿了一身浅色西装，头发梳得很亮，鼻梁上架着一副金丝边眼镜，手里还拿着一本黑色硬壳封皮的厚书。我不像独坐树下的老人那么欺生，虽然我恍恍惚惚心神不宁，可我还是停下脚步，告诉这个文质彬彬的中年男子，八一公园没有西门。八一公园只有南门和北门，我对文质彬彬的中年男子说，你要是想从这里出园，走北门较近，然后我为他指引了方向。离开他后，路过独坐树下的老人时，我只冲老人点了下头，没有表现出停留的意思。叫老人却大声把我叫了过去，继而又大声说，刚才那边有一对搞对象的，老人指指一小片树林，可这个家伙躲起来偷看，把人家吓跑了。老人的声音非常洪亮，肯定能传进那个文质彬彬的中年男子耳朵里去，可他假装没有听到，或假装是认为老人在说别人，只顾更加狼狈地沿着我指给他的道路朝公园北门走。对老人的话，我没法做出正面反应，他这样刻薄让我都难堪。其实活跃在公园里的许多常客，都心照不宣地有着偷窥爱好，这老人就是一个偷窥老手。但现在他却毫不留情地嘲弄一个新手，太过分了。为了不让老人看出我对他的鄙夷，我笑着问他水井那里是不是有水，我得洗把脸。我说。可说完不等老人回答，我就径直向前走去。我知道，水井那里肯定有水，我的问题无须答案。

我在进入小石林区域前，拐个小弯，找到了作为我的目标的那口水井。以前这个水井的粗水管子陷在井里，开关皆由公园里的人控制，据说是防火用的。后来小石林的常客们集体上书公园方面，要求接出一个水龙头供游客取用，公园方面接受了常客们的建议，从水井里接出一只开关可由游客控制的细水管子。当时别的常客们给公园上书征集签名时，我拒绝了，现在我打开细水管子，享用着里边流出的清水，像做贼一样。

其实我的手上脸上什么也没有，没溅上泥更没溅上血，可我觉得我的手脸都肮脏至极，泥土味和血腥味仿佛渗进了皮肤。我便一遍遍地使劲冲洗，最后搓得双手和两颊都麻木了，我才好像忘掉了刚才发生的一切。

我来到小石林时，构成所谓石林的那些石桌石凳旁都挤满人了。我没在这里参加过棋牌游戏，但我知道，说这里是个公开的赌场也不为过，因为他们输赢是动钱的。当然输赢极小，玩上一天，有个十元二十元的出入就顶天了，不像我们机关里有些同事，扑克麻将的玩上一把，进出都不止十元二十元。我们机关里的棋牌游戏我也没参与过，但他们的赌价人所共知。我站在小石林的边缘，看看眼前那些黑压压的脑袋，又看看远处隐约可见的喷水池里雕像的顶部，想不好是该绕过小石林径直去往喷水池那边，还是先在这个我不感兴趣的棋牌堆里闲逛一气再往西走。反正我总归是要往西走的，越往西走，就会离我平常待的角落越远，离土坑狗脑袋和骨灰匣越远……当然了，离摇轮椅的男人也会越远。

在小石林这里，玩扑克麻将的明显比下象棋围棋的多，这一看便知。因为这里的石凳石桌完全被玩扑克玩麻将的人给占领了，他们一伙至少四人（不算观战的）的格局形成了小石林的主要景观。其次再多的是下象棋的，他们席地而坐或者而蹲，下的不少，围观的更多。再其次多的是一些玩"下五道"或者"憋死牛"的老人。这样的老人大多衣衫褴褛，形容丑陋，肯定是因为买不起赌具，便因陋就简地在地上画出格子，以细树棍和碎石头作为交战武器。规模最小人数最少的是下围棋的，只有三伙，周围还基本上没有看客。他们集中在小石林与旁边那片树林接壤的地方，安安静静，无声无息，与那些热热闹闹地打扑克搓麻将下象棋的人堆形成了鲜明的对比。

我身不由己地朝围棋圈子凑了过去。

事实上，扑克麻将象棋包括"下五道"和"憋死牛"，我都会玩，只是不会下围棋。可现在，我却像个真正的行家那么蹲进了围棋圈里，专注地观看，默默地思考，甚至还遗憾地叹了口气。你知道，对于围棋我一窍不通，我情不自禁地叹了口气，只能是因为别的事情。是的，我是想到了别的事情才叹的气。我是想，围棋这种东西多简单呀，黑子白子，横线竖线，不像扑克象棋麻将，JQK 车马炮中发白什么的名目繁多玩法复杂；可复杂的扑克象棋麻将我都会玩，却唯独玩不好这简单的围棋（我也没学过），因此我遗憾，因此我叹气。可我身旁下围棋的人不知道我为什么叹气，那个捏着一枚白棋子的年轻人正举棋不定，听我叹气，便看我一眼。没戏了哈，他冲我小声叨咕一句，然后把手里的白子扔回了棋盒。我看得出来，他认输了。我想解释一句，想告诉他我并不是因为看出了他败局已定才叹的气。可这时他对面那个执黑棋的男人已经站了起来。胜你一盘不容易呀，他捶着后腰说，总算捞回来一局。年轻人仍然低头看着棋盘。我这块棋跟你交换得太亏了，他指指棋盘一角说，然后又说，再摆一盘？站起来的男人又伸了伸胳膊。不来了不来了。现在回去都有点晚了。说着他拎起地上的皮包，说声再见转身走了。

　　年轻人眼巴巴地看着远去的男人，我则全神贯注地看着棋盘上参差错落的黑白棋子，我觉得那些疏密相间时断时续的黑白棋子就像什么特殊的符号，施放出一种神秘的力量将我抓住。

　　怎么样，咱俩来一盘？我身旁的年轻人已收回目光，转而看我。我……我这才回过神来，我，不行……没事，他以为我只是一般的客套，咱不动钱。说着他弄乱了棋盘上的棋子，把白的拢向他那边，把黑的推给我。真不行，我说，我得马上回家，还有事呢。咱快点下，他说，总看见你，可没跟你交过手。我一边帮他把黑棋搂进靠近我这边的盒子，一边还是说不行真有事，我已经不好意思说我不会下了。年轻人有些不高兴了，师傅你这人干吗这么外道，就一盘棋呗。他把白棋盒向我推来，你来白的，他说，你看他们都正下呢，你要不来，我也干闲着。我赔着笑说，我不是外道，真有事。我又说，你要是还想下，我倒想麻烦你往老杨树那边走几步，和我一个朋友交交手去。听了我的话，年轻人的身子坐直了一些，你朋友？他在老杨树那？下棋怎么不来这里？我顿了一下，没把摇轮椅的男人不来这小石林下棋的理由和盘托出。以前我也问过他和玩健身球的老人这样的问题，玩健身球的老人倒没说什么，可摇轮椅的男人却激烈地说，我们上过战场流过血的人，和他们搅和什么？好像是不屑与凡人为伍。但现在他已没了玩伴，我若把这年轻棋手介绍给他，想来他是能接受的。我朋友是个行走不便的残疾人，我说，他在老杨树那边下棋下习惯了，麻烦你走几步去他那吧。我的态度非常诚恳。年轻人回头看看他身旁的另两对棋手，随我站起来，同时把棋盒棋盘都收进了一只布口袋里。

可是——年轻人还是有点不解，他总在老杨树那边下棋，不就说明他有对手了吗？我把一支烟向他递去，又帮他点着。是的，我说，原来他是有个棋友。可是——在"可是"的后边我迟疑了一下，说，可是那位老先生最近身体不好，不能来公园下棋了。我不想说那位永远让两枚锃亮的健身球滚动在手里的老先生已经死在了棋盘上。

我和年轻人一前一后地来到老杨树下时，我们看到，摇轮椅的男人正聚精会神地自己和自己下棋。他把棋盘横在身前的石桌上，左手执黑，右手执白，时而苦思冥想，时而双手飞动，我和年轻人都站得与他近在咫尺了，他也没有发现我们……师傅，我俯下身子轻唤他一声。他一惊，怔怔地看我然后看拎着围棋袋的年轻人。这位是我新结识的朋友，我给他介绍道，我请他过来和你下棋。年轻人礼貌地冲摇轮椅的男人点头笑笑，同时坐在了石桌另一头的大石头上。你摆的这是常昊和李昌镐那盘……可他话没说完，就被摇轮椅的男人给打断了。请站开点，摇轮椅的男人凶巴巴地说，我不想让别人影响我下棋。

年轻人让摇轮椅的男人气得干吧嗒嘴说不出话来，我也又气又急无话可说，摇轮椅的男人却没事一样，依然自己和自己下棋。我只能拉着年轻人离开战场，请他原谅我和我的残疾朋友。年轻人气鼓鼓地不再理我，说了声操就自顾走了。我没去追生气的年轻人，我觉得事情就到此为止也没什么不好，毕竟年轻人陪我回到了战场，也就等于把我送到了以前我常待的那个角落，现在我已经不需要他了。这时我又闻到了泥土味和血腥味，可这时的我已不再害怕，也忘记了有可能出现的牵扯瓜葛。我就像一条倩倩的同类，朝那股混杂在一起的浓郁气味奔了过去，奔向曾属于我的角落。

现在我那个隐秘的角落一片狼藉，似乎将其更名为屠场或墓地更恰如其分。在我"躺椅"前边的空地上，历历在目的是土坑、土、倩倩的半个脑袋、沾满红色血水白色脑浆的铁锨、被风刮得缠到一棵树根上的黑布包袱皮和倒扣在地上的长方形镂花骨灰匣。我先把镂花骨灰匣捧了起来，看到骨灰匣的盖子正中，镶了张年轻女人的彩色照片，照片下边是四个工整的小字：倩倩永生。我端详一会儿那张照片和照片下边的工整小字，将骨灰匣轻轻放入土坑，然后，又想一下，我捡回缠绕树根的黑布，包上倩倩（狗倩倩）的半个脑袋，用那把曾经为人倩倩（骨灰匣里）和狗倩倩（黑包皮里）挖掘坟墓的铁锨托着，将它们也一齐安置进土坑。这样，需要掩埋的都已摆在坑里，只有不想被掩埋的我留在坑外，我起身从我的"躺椅"上拆下一块宽木板子，以板为锨地向坑里填土。片刻之后，在这个曾经属于我的角落，凸起了一座小小的坟冢。

喷水池里并没有水。也不是总没有，每到夏天，有三个月的时间是要放水入池的。可现在是春天，春天虽然已经花妍草嫩了，照理说若再能配上一池碧水，会使整个公园都更加生机盎然。可不行，规定了要到夏天放水就得等到夏天，即使是花妍草嫩的春天，也只能和萧瑟凋败的秋天、和冰雪覆盖的冬天一样，让喷水池只作为一个干涸的大窟窿十分刺眼地镶嵌在八一公园的中心部位。喷水池的外围是一圈不足一米高的红砖护墙，其高度和宽度都适宜屁股的需要，所以在春秋冬三个池里无水的季节，它们的功能与椅子相同（夏天池里有水时它们会湿漉漉的）。红砖护墙的里边是深度超过一米的水池子（蓄上水后池水不会达到这样的深度），水池子的水泥池底颜色陈旧，有的地方已龟裂爆开，袒露出形状欠雅的翻浆泥土。另有一些不应该属于水池子所有的东西也散扔在池内，那是报纸杂志食品袋易拉罐面包馒头枯枝败叶一类的垃圾。在水池子中心，站立着一尊军人的雕像，三个军人背靠着背，抱枪面朝三个方向。夏天时水池子里边荡漾的池水，就是从这三个军人的枪管里喷出来的。

这时我已来到喷水池的红砖护墙旁边，一边点着一支香烟，一边顺势坐到了铺在护墙上的一张报纸上。一般游人在护墙这里落座时，屁股下边都爱垫张报纸垫本杂志，如果他们离去时不将那报纸杂志一并带走，而报纸杂志又没被风刮进喷水池里，那么后继者来这里闲坐就不必再垫新报纸新杂志了。现在的我就是这样。抽完烟后，我从兜里掏出一份报纸读了起来。

这报纸本来不是我计划中的读物，是我带在身上准备往哪坐时垫屁股的。一般情况下，报纸我都在办公室看，来公园时，我兜里总揣本英文书或德文书，书才是我逛公园的最佳借口。可此时我屁股下边已经有报纸了，而我揣在兜里的报纸又鼓鼓囊囊地太占地方（我兜里揣的书是英文版的《生化理论对进化论的挑战》，它又薄又窄，不占地方），我就想利用它一下后好赶紧扔掉。报纸很新，一共十六版，是昨天晚上到的。如果今天早上我离开办公室时不把它带走，和我同一办公室那些白天上班的人就会反复读它（也读今天上午送来的更多的报纸），并且不用一天工夫，就能把它读得很旧，旧得如同喷水池肮脏的池底。刚才我说过，平日在办公室里我也读报，而且我的许多生活常识和人生经验（间接经验）都来之于报纸。可尽管这样，报纸也从来没对我产生过那么大的吸引力，以至于会被读成色情画报的模样。我读报纸的方法一般是这样的（以现在手里这份报纸为例）：把一份报纸从中间展开，首先呈现在我面前的是 8 版 9 版，而 1 版 16 版则暴露在整叠报纸的最外端；8 版 9 版被我扫上一眼后，如果没有我感兴趣的文章，我就迅速将它移到整叠报纸的最外端，使 7 版 10 版暴露在外边，而我去读 6 版和 11 版。以此类推，读完 2 版和 15 版后，我把整叠报纸翻掉过来，再从 1 版和 16 版读起，使 8 版 9 版先朝向外边，然后我读 3 版和 14 版，使 2 版 15 版朝向外边……

报纸上的图文虽然塞得挺满，但让我感兴趣的内容其实很少。这会儿就是这样，我都读到 7 版 10 版这一面了，才找到一篇可读的文章。这篇文章的题目叫《伏案疲劳消除法》，我溜了一眼，知道它对我这种常年坐办公室的人会有些帮助，它介绍的方法都简单易行。比如，两手酸累怎么办？它告诉你，两手掌相合，来回快速搓动十秒，使掌心产生强烈热感，再将双手摇动十次，重复数遍。再比如，困乏欲睡怎么办？它告诉你，将身体坐直坐正，双肩后弓，下胯微收，双臂下垂于躯干两侧，手心向后，然后用力收缩背部、臀部、肩部和颈部肌肉，坚持十二秒，再放松十五秒，重复数遍。还比如，眼睛胀痛怎么办……我把这篇文章读了数遍（要是在办公室，我会将它剪下保存），估计已经基本记住了，就将这张报纸挪向后边。可这时我忽然听到报纸的另一面有人说话，别盖上别盖上别……我忙把手里的报纸整叠移开，我看到，在我面前，竟蹲着个长了张娃娃脸的青年妇女。

娃娃脸妇女站了起来，娃娃脸羞得有些发红，使她更像一个闯了祸的娃娃。对不起，她说，我看那篇文章看上瘾了。我的脸也有点发红，原来在我读《伏案疲劳消除法》时，竟一直有个女人蹲在我对面，可以说她与我已近在咫尺，只不过中间隔着报纸。没什么，我说，你看吧，我把手里的报纸一齐朝她递去。娃娃脸欲接报纸却又没接，我只看一篇，那篇文章还差一点就看完了。她指点着我手中的报纸。我看到，她指点的是第11版。我猜到刚才她在读什么了，那是一篇介绍某市副市长利用职权搞女人的文章。那篇文章我也溜过一眼，觉得缺少细节，就没读完。我把登有《副市长的纵欲生涯》的那张报纸从整叠报纸中抽了出来，递给娃娃脸。你爱读这种文章呀？我顺嘴问道。娃娃脸的脸色红得更艳了，不是……我是……她说不出个所以然来。为了消除她的窘迫，我又抽出一张报纸铺在喷水池护墙上，建议她坐下来读，我还提醒她蹲久了对身体不好。我没说妇女蹲久了容易导致子宫下垂，但以前我的确在报纸上看过有关文章，说男人蹲久了能导致脱肛，女人蹲久了要子宫下垂。娃娃脸顺从地坐到我身边，同时还轻声说了句谢谢。

这样我和娃娃脸便并肩而坐，互不相扰地看起了报纸。

如此的情形，在八一公园间或能见到。八一公园素来缺少恋爱氛围，一旦有一对男女（老年的多，中年的少，青年的几乎没有）在石凳上草丛里依傍在一起，不论读报聊天还是东张西望，构成的组合都比较突兀，当然也有几分温馨。可现在我和娃娃脸的并肩而坐，却只有突兀没有温馨，因为我们只貌似恋人。我们不是夫妻，不是情人，不是朋友，连认识都不认识，我们组合在一起毫无道理。我浑身上下都不得劲。尽管在这八一公园里，基本上不存在我妻子或同事出现的可能，可我还是不愿意以这么种形象面对他人。但由于是我主动把娃娃脸请到了身边报纸上的，我立刻起身离去又不大好。我不知道娃娃脸在看报的同时还想了什么，反正我大脑里一片空白，没任何想法，连男人面对女人时该有的想法都没产生。我手中的报纸早看完了，可继续捧着报纸做阅读状是我此时的唯一选择。我努力装出一字不苟的样子，把那些以前我连瞄一眼标题都没兴趣的文章也读了一遍：《存贷款利率再次下调》《污水咸菜流入菜市场》《下岗职工不用愁我有他有你也有》《多头资金陆续进入股市》《局长妻子拒礼记》……后来我终于意识到，其实娃娃脸也早把她手中的《副市长的纵欲生涯》看完了，只不过她并没有离去的意思，好像是怕打扰了我专心致志的阅读。

你——没上班呀？娃娃脸见我的目光离开了报纸，忙笑一下，把她的娃娃脸向我扭来。我看到她的娃娃脸十分白皙，她的浓妆主要表现在唇上眉上和眼睛周围。我夜班，我说，怎么你也没上班？我这么一问，就好像我俩是一对多年的熟人在互致问候了。我提醒自己该走了，却迈不动步。我——娃娃脸稍微卡了下壳，但她的表情告诉我，她不是为了隐瞒什么，而是琢磨着怎么回答。我没班了，她爽快地说，我下岗了，天天待着啥事也没有。噢……我"噢"了一声，不知该再说什么。看上去，这娃娃脸也就三十出头，我不知道她说她下岗了是真是假。大哥，我们冷场了一会，娃娃脸神色暧昧地对我说，我来这八一公园，是找工作的。她强调了个"找"字。我看她一眼，明白了，这娃娃脸不是八一公园的常客，因为她叫我"大哥"没叫"师傅"。找工作？在这公园里上哪找工作去？我看娃娃脸时，娃娃脸也用目光迎住了我，虽然目光里有胆怯害羞和慌乱，可更多的似乎是一种赤裸裸的意向表白。我明白她是"找"什么"工作"了，她肯定也是开春后涌入八一公园的众多可疑妇女中的一员。我急忙打岔道，对，再就业嘛，这报纸上不写着吗，下岗职工不用愁……我把那张有《下岗职工不用愁我有他有你也有》文章的报纸递给她。娃娃脸只看一眼，就笑了。下岗职工不用愁，她重复一句，笑得身子直抖，一边抖一边说，报纸上也用这样的题目。我一下子反应过来她为什么笑了，这样的题目的确能让人联想到流传全城的两段顺口溜来。大哥你没听说过下岗职工的顺口溜吗？娃娃脸止住笑问我，可还没容我回答，她就顺嘴背了出来：下岗大哥不用愁……娃娃脸背得抑扬顿挫，声音还好听，我没等她背完，就不甘落后地说，我听过听过。下岗大嫂不用愁，擦胭抹粉进酒楼……可看一眼身旁的娃娃脸，我背不下去了，后边的句子我咽进了肚里，太下流了。娃娃脸当然不会不知道后边的句子，她脸又红了。

大哥，隔了一小会儿，娃娃脸悄声说，这公园里，你常来吧？我——我顿一下，含含糊糊地说也不怎么常来。得了吧，娃娃脸重新把自己放开，屁股还往我这边挪了一下，她们可都说你是公园的常客呢，说着她把嘴往喷水池的另一侧努了一下，不过仍然悄声细气，好像在与我共谋一桩秘密。我看到，在喷水池的另一侧，或坐或站着几个浓妆艳抹的中年妇女和看着眼熟的半大老头，他们正兴高采烈地打情骂俏呢。我知道我不能再坐下去应该走了，可身旁的娃娃脸好像一块吸力很大的磁石，让我根本无法动作。我感觉到娃娃脸动了一下，我低下头去，看到娃娃脸的大腿屁股已经挨上了我的大腿屁股。她的大腿屁股都裹在牛仔裤里，紧绷绷的，不像我在八一公园里看到的其他可疑妇女的大腿屁股那么松懈。你们，是，一起的……我不自然地问了一句，眼睛不敢继续放在她的大腿屁股上。不是一起的大哥，娃娃脸说，我头一天来。娃娃脸这时也有些紧张，因为除了说话，她还试探着拉住了我的一只手。我以前，没干过，所以，我不想一开始就和那群老头子。娃娃脸的解释让我感动，她的意思是说我还年轻，比那些老头子强。我没好意思把手从她的把握中抽拽出来。大哥，你看我行不，我啥毛病也没有，你要不信就检查检查……信，信，我信……我一连气地表示道。娃娃脸的诚恳不容我不信，她头一天来卖身不大可能有什么性病。可说完我信我就后悔了，我干嘛要跟她这样表态，好像我真的已决定买她了似的。可是你，我语无伦次地去转移话题，你没家呀？我并不是来……有哇，就是养家糊口才得出来挣钱嘛。娃娃脸倒是个挺实在的人，不容我解释什么，就又给我讲起了她家的情况。她先讲她丈夫怎么没能耐挣不着钱，又说她儿子和同学打架被人伤了眼睛，医疗费已经花两万多了，说到难过处她声音哽咽，我的鼻子也有些发酸。那你，那你要是去大酒店，我说，是不是可以多挣点呀？说着我用一只手拿出香烟，另一只手竖起来为打火机上燃烧的火苗挡风，也就顺便从娃娃脸的手掌中挣了出来。大哥你也不常去大酒店吧？在那里叫吃青春饭，要的都是小姑娘。娃娃脸的声调里满是失望，同时用刚才抚摸我手的那只手去抚摸我大腿。去大酒店消费的，他们怎么能要我这么大岁数的人呢，我都三十四了。我小心翼翼地把娃娃脸的手给拿开了，痒痒——我赔着笑脸解释道，然后站了起来。同志，实在对不起，我愁眉苦脸地说，我不能和你聊了，得回家了，我，我妻子还等我回去有事呢。大哥你——

娃娃脸一时目瞪口呆，绯红的双颊忽然变白。她一定以为一切都已水到渠成，她的第一个工作日就要从我这里顺利开始了呢。大哥，你嫌我长得不好看？不是。那你嫌我体形不好岁数大了？也不是，不是因为这些跟这些无关……那——大哥，三十五十你看着给行不，我头一回干这个我不能诓你……真的对不起同志，实在对不起同志，我扔下报纸连连后退，我真得回家了同志，你找别人吧同志，我再不回去我妻子就生气了同志……我的声调里都带出了哭腔，不是装的，我真要哭了。

离开喷水池，我烦躁不安地瞎走起来，走着走着，猛一抬头，发现自己停在了八一公园的南门口附近，视线里出现了看门妇女。其实距离还远，看门妇女也没看到我，可我的第一反应仍是想躲开。结果我的欲躲未躲创造了奇迹，忽然之间，我脑子里某个黏合的褶皱便裂开了缝隙，竟让我窥到了看门妇女求我打听的是什么事情。看来，记忆这东西也神出鬼没。记起看门妇女求我打听的事情，我也就知道我得找什么人去替她打听了，而一想到要找的人，我也就不再烦躁不安了。倒不是说我要找的人是一味中药，能润肺败火；主要是，一想到看门妇女交给我的任务即将顺利完成，我再不用贼一样躲她避她，心里就踏实了。于是我不再试图躲避，而是大摇大摆地路经八一公园南门口，向百鸟坡一侧的食杂店走。我想，看门妇女要是看见我了，问我去哪，我就大声告诉她，为了帮你打听事，挂电话去呗。

在百鸟坡一侧的食杂店里，既能看到百鸟坡上歌舞升平的男男女女，更能听到由百鸟坡向周围扩散开来的锣鼓喧天和乐曲轻曼。百鸟坡上的男女分为两伙，一伙是扭秧歌的，一伙是跳交谊舞的。从扭秧歌的圈子里传出来的是锣鼓喧天，从跳交谊舞的圈子里传出来的是乐曲轻曼。但由于百鸟坡的范围有限，秧歌圈子的北端和交谊舞圈子的南缘几乎重叠，锣鼓声和乐曲声便也混成了一团。可令人惊讶的是，这两伙人却能和睦相处各行其是。

最早占领这百鸟坡的，是一群信仰某个神明的善男信女，他们集中在一起，做一些类似气功又不是气功类似太极又不是太极的动作，主要表现为随着一个领头的人，时而口中念念有词时而四肢耸动手舞足蹈时而对着一面什么八卦图顶礼膜拜。但后来这群人打了起来。虽然年龄都不小了，又是一些自称行善积德修身养性的人，可还是打得头破血流。原因是，这些信徒对他们所获得的神启产生了不同的理解，不同的理解便导致了分裂，使得一些人从这个大集体中独立出来。那些独立出来的人信仰不变，顶礼膜拜的也还是那个八卦图，但领头人变了，相应改变的还有他们念念有词时发出的声音和四肢耸动时扭摆的节律。再后来，他们新旧两派的矛盾越来越尖锐，终于演化成了大打出手的武术功夫，惹得公园方面出面干涉。但公园方面考虑到他们是一些归属于国际组织的人（旧派自称总部设在新加坡的圣淘沙岛，新派自称总部设在美国犹他州的黄金海岸），因此没将他们从公园驱逐，而是周到地把他们分别劝到公园两侧两块相对狭小些的空场上去。这么一来，那些原本规模不大的扭秧歌的人和跳交谊舞的人便得隙侵入了百鸟坡，并使扭秧歌和跳舞的集体都得到了发展壮大。但奇怪的是，照理应该水火不容的扭秧歌人和跳舞人倒一直相安无事彼此礼让。本来公园方面对这些不思节制欲望只图寻欢作乐的人是如临大敌的，也想把他们赶出（而不是劝出）百鸟坡，可后来见他们简直是举案齐眉了，也就对他们听之任之，还感谢这些红男绿女的存在能够有效地阻止那些善男信女的卷土重来。

现在我站在食杂店的公用电话旁，透过窗户看那些欢天喜地扭秧歌的人和跳交谊舞的人，一边看，一边任烦躁又袭上心头。你可能会猜是因为女人，是百鸟坡上的老女人使我想到了年轻的娃娃脸。不是的，这回我烦躁是因为丢了东西。你知道的，我兜都浅，时常容易掉出东西，你还知道，来食杂店，我是为了挂个电话。可这时我发现，我兜里的电话本不翼而飞了。我一向对数字缺少感觉，一般电话号码都记不住，总得兜里揣个小电话本。可电话本揣在我兜里，就像烟盒打火机和车钥匙揣在兜里一样，常常会不慎掉落出去，让我防不胜防。显然现在它又掉了，只是掉在哪里了我说不好。可我又需要立刻挂出我要挂的电话，没有电话本我只能烦躁不安。倒不是看门妇女的事情有多急迫多么重要，主要是我怕把好容易想起来的事情再给忘了，再见到看门妇女还得贼一样躲避，就不好了。

我想到了求助114查询台。

我问趴在窗口眺望百鸟坡的售货员，可不可以关上窗户。你不开窗，我说，透过玻璃，也能清楚地看到他们。售货员听了我的话，不满地回头看我，问我为什么干涉她关不关窗户。我说我怕你冻着，她说我不冷，我说我怕风吹进来把你的食品风干喽，她说我的食品都包裹得很好，我只好如实说，我想在这里打个电话，可外边噪音太大，会钻进屋子，灌进话筒，让听我说话的人觉得吵闹，也容易使我听不清楚电话另一方的吐字发音。售货员脸上现出狡黠的笑容。你实事求是不就得了，她表示理解地关上了窗子，我能猜到，你准是给你夫人挂电话，她的眼睛半溜着我又半溜着窗外，你们这种岁数的人呀，活得太累。我没懂她意思，我说小姐你怎么这么说我。她说，你们这样的人我见得多了，又想出来风流，又怕老婆发现。她这回不看我，只看窗外。我想告诉她我不是要和妻子通话，可又想跟她说这个毫无意义，便没吭声，只低头在电话上，把"114"三个数码按了出来。

话筒里传出一个友好的女声，先说你好，又报出一个代表她的服务号码，然后问我要查哪里。我也急忙向她问候，说你也好哇，我想查一个私人电话，那个电话号码的主人叫——我报出了我要找的那人的名字。我要找的是个老人，虽然还在叱咤风云，可毕竟二线了，他的联络工具只剩下了家里的电话。这时电话另一端换了个人与我说话，也是女的，但态度蛮横。不能查，她不耐烦地说。为什么？我抬高了声音问，我并不是要查什么保密的号码。没什么为什么不为什么的，告诉你不能查就是不能查，说着她好像要放下电话。哎哎哎——我一连声地叫了起来，请你，我乞求地说，请你还让刚才那位女士与我讲话好吗？我想也许刚才那个态度友好的女人会好说话些。可我话一出口，电话里边就传出了笑声，是那个态度蛮横的女人的笑声，她没有切断电话。你要找刚才那位女士吗？那你得再等些日子了，她的解释还挺周详细致，她现在在家休产假呢，养的是双胞胎。我哭笑不得，看来刚才接受我回致问候的录音带是帮不上我忙了。我忙对话筒说对不起，又连续管态度蛮横的女士叫了几个"同志"。同志同志同志同——你听我解释好吗？我实在是有十万火急的大事要查那个电话，我不是坏人，我不做坏事，我是一个拥有副高级职称的国家干部，还是副处级调研员，就工作在……电话对方的女人缓和了态度，先生，不是我不帮忙，主要是，在电话簿上登记叫那个名字的人，有四十七个，我怎么知道你查哪个。

放下电话，我茫然无措，和我要找的人同名同姓的，居然光登记在电话簿上的就有四十七个之多，真是匪夷所思。我想，要是全市一下子蹦出来四十七个虽然二线了却依然还能叱咤风云的人物，那他们完全应该再建立一个新的城市。这时站在窗口的售货员已经不看窗外了，而是转过身来忸怩地看我。先生你，她咕哝着，先生你……我忙说，我电话还没挂完呢，等挂完一块给钱。她摆着手说，不着急不着急，然后声音又低了下去，太对不起了，我刚才跟你胡说八道，我不知道你是处级干部。我笑了，没什么没什么。然后我又修正她道，我不算正经处级干部，只是副处级调研员。说话的同时，我把胸兜里的圆珠笔掏了出来，又看看售货员说，你给我找张纸好吗，我得记几个电话。售货员很麻利地离开窗口，给我找了张白纸。

我再次拨通114后，巧得很，录音带上的女声一把话说完，又是刚才那个态度蛮横的女人接了电话。同志，是我，我急忙低声下气地与她套近乎，你看这样好不好，麻烦你一下，把所有叫那个名字的人的电话，你都给我叨咕一遍，我记下来逐个询问。接着我又反复重复着"谢谢谢谢"。电话里的女人这回态度不蛮横了，还说没什么可谢的，但她问我能不能缩小一点查找范围。我问她怎么叫缩小查找范围，她说你知不知道这人的家住在哪里。我说知道呀，他家住大东区的小北关街。可是同志，我说，我虽然知道他家住哪，可我跟你打听他家电话号码的意思，就是不想直接登门，而是要先电话预约。电话里的女人说你还外国礼节哈，然后说我也不是让你直接去他家，我是说，你知道他家住哪事情能简单些，这样我光把88局的电话号码给你念一遍也就行了，因为大东区的电话都88打头……对不起对不起同志——电话里的女人话没说完，我就叫了起来。我说错了同志我说错了。电话里的女人说我没错呀。我忙强调，不是你错是我错了。我说，我要找的人家住在和平区的马路湾，我说的大东区小北关街是我家，88打头的电话是我家的电话。电话里的女人噘了下嘴，但没过分埋怨我。那也一样，她说，和平区的电话都是58打头。于是,接下来的事情就是她念我记了。

刚记下三个"58"打头的电话号码，我心里就高兴起来，因为这时候，我也多少想起来一点我要找的那个人家里电话号码的前几位了，他家电话开头的两个数，的确是"58"。我记得，当初单位把大东区的房子分给我时，全市的电话号码还都六位数呢，开头的两位数也不是"88"。后来电话升七位时，我家的电话号码也不知怎么一变，就变成了"88"打头。为这个，单位里许多同事都夸我有远见，选择了大东区的房子住（他们一般都住和平区），不用额外花钱就讨了个吉利的电话号码，有几个人甚至闪烁其词地把与我换房子的意向表示了出来。我解释说不是我有远见，当时我也像单位里的其他人一样，既不喜欢大东区，也不喜欢那套房子。大东区的社区环境不是很好，用我妻子的话说，我们这样的知识分子住大东区，等于是鲜花插牛粪上了；而那套房子也毫无诱人之处，不仅离我和我妻子的单位都远，还是个一楼冷山厢房。至于最后我服从了组织决定要了那套房子，只因为不要这套房子我就无房可住，无房可住我也就无处安家（结婚后我一直住岳父岳母家）。所以，即使分房委员会给我一套苏家屯区（郊区）的泥土房，我也只有去住这一条选择。可同事没人听我解释，他们只是羡慕我电话号码上打头的"88"，隐晦地问我想不想调房。如果那时我妻子同意调房，我就也可以把家安在和平区了，但我妻子认为，别人既然肯从和平区往大东区换房（和平区的社区环境好一些），那一定是我那些消息灵通的同事们知道了什么将对大东区有好处的市政计划，想占便宜，因此她宁可与牛粪为伍，也不张罗往花圃中移植了。后来她同意了与家住和平区的人调房，可和平区的人又改了主意，我一打听，原因就是全市电话升八位后，和平区的电话一变而为"58"打头了。我妻子分析，这一定是他们认为"58"比"88"还要吉利。"88"虽然谐音"发发"，可究竟谁发（电话局还是电话用户）不甚明确；而"58"则明确地标示出了是电话使用者发："我发"。这样一来，我也就记住和平区的电话号码是"58"打头了。

通过电话局的查询台，我一共记下九个电话号码，也就是说，在和平区，至少有九个和我要找的那个人同名同姓的人拥有家庭电话主人的身份。我对着白纸上记录的九个电话号码，逐个把电话拨了出去，拨过之后，我把白纸上的号码又抹去四个。因为在这四个有人接电话的家庭中，一个与我要找的那个人同名同姓的是个女人，一个与我要找的那个人同名同姓的从声音上就听得出来是个小伙子，另两个与我要找的人同名同姓的电话主人虽然都未在家未能亲自接上电话，但接电话的分别是他们的爸爸和声音娇柔的媳妇。这也可以证明，即使与我要找的人同名同姓的人接了电话，他们也不可能就是我要找的人，因为我要找的人早就没有了爸爸，媳妇也不声音娇柔而是声音粗哑。我断定，我要找的那个人，一定藏在那五个挂过去后无人接的电话后边。我虽然还是心有不甘，但也无奈，不过再面对看门妇女时，我的愧疚感就能减弱一些了，这也算我有了收获。好在剩下的电话号码记在了纸上，白纸可以提醒我别再把看门妇女求我的事情忘在脑后。我把记录电话号码的白纸夹进《生化理论对进化论的挑战》那本英文书中，把书揣进兜里，这才问食杂店的售货员我的话费总共多少。年轻的售货员小姐同情地看着我说，一个市内电话你就挂出去五块四，可还是没找到你要找的人，太不顺了。我说没关系，剩下的这五个电话，晚上我记着点再挂一遍，一般家里晚上都有人。说着话我把五块五角钱递给售货员，对她摆摆手说不用找了。

前边我介绍喷水池和百鸟坡的演变史时，你可能注意到了，我对我讲述的情况了如指掌，好像我真是一个无所不知无所不晓的人，是一部八一公园的活字典。其实不是这样。如果接下来我不是立刻遇到了老领导，我可能没有机会对你解释；但现在老领导出现了，我就可以还你一个我的本来面目了。

事实上，自从我业余时间开始出入八一公园起，我就已经是一个拙嘴笨腮不善交往的人了，即使偶尔我也置身在众人之中，如果那个众人不是安安静静地闭目养神，而是在议论纷纷夸夸其谈吵吵嚷嚷，那我肯定也是要抽身而出去独寻清静的。这样的结果是，许多妇孺皆知街谈巷议的事，对我却如同海外奇谈。也就是说，我懒得交际也怯于交际，我不关心任何事情。这样一说你就明白了，虽然我的确是八一公园的常客，但我一直对八一公园了解有限；而现在我之所以对你介绍了八一公园这么多的旧事新闻，那是因为最近一段时间，我在这里遇到了几回老领导。老领导是一个热衷于讲演的人，我遇到他了，他和我说话，我没有道理抽身而出去独寻清静，因而我也就多知道了一些我并没兴趣知道的事情。

这会儿就是这样，我遇到了老领导。在我对售货员说"不用找了"时，我听到身后传来一阵女人的笑声。我下意识地回头，看到有两个人踏着笑声进到食杂店里，女前男后。可能我光顾看前边那个快乐的女人了，忽略了她身后，待她身后的男人叫出我名字，我才注意到，后边的男人竟是我的老领导。

不过你别听我口口声声老领导老领导的，就以为我面前的老领导是个老头。他不是老头。我在这里用老领导称呼他，只是为了叙述的方便。若论生日，老领导比我还小半岁呢。我说他是我的老领导，不是因为他年纪大，而是因为我大学毕业后刚参加工作时，他是我的第一任领导（他领导我时的那个单位不是我现在夜里要去上班的这个单位，现在我工作的这个单位是我读完研究生拿到硕士文凭后新找的单位。我现在的这个工作单位比我过去的那个工作单位要好上许多，它能在大东区分我一套两室一厅的房子，使我有了一个叫"家"的地方）。我在老领导的手下工作三年，从考取研究生到毕业后去新单位工作，与他始终再未谋面；重新见到他，是有一次在八一公园北门口，我看到他被一群中老年男女簇拥在中间，高视阔步地往公园里走。当时一看到老领导这个熟人，我就想与他和他的随从们错开之后再进公园。可老领导是一个眼观六路耳听八方的人，他在应酬他的中老年随从时，仍然目光敏锐地看到了我。那天我们聊的时间较长，他说他现在已经离职了，他说他是被单位（他的和我的原单位）里的人给整下来的。他听说了我现在的工作单位，连连感慨，嗨嗨，要是早知道你都出息到这地步了，找你给我说句话，他们（他的和我的原单位里更大的领导）就不敢整我了。我说我说话哪有那么大威力，他说有，他说你们单位里扫地的咳嗽一声，也能让他们（指他的和我的原单位里更大的领导）哆嗦半天。说完他又解释道，他的意思，并不是说我的能力只相当于一个扫地的。是在那之后，我们又几度巧遇，我才知道了有关八一公园的一些事情，也才知道了老领导就是曾经在百鸟坡上打架的那些善男信女中新派的领导。

老领导问我怎么没在我平常待的地方看书，又问我上边有什么新精神没有，并介绍那个与他一块走进食杂店的女人是他徒弟。老领导给他的女弟子介绍我时用词夸张，明显带有炫耀的成分。那个女弟子在我这个生人面前沉默了片刻，但很快就又恢复了她固有的开朗，嘻嘻哈哈地和老领导开玩笑，还把我也捎上了。她不把老领导当师父看，而是当成大哥或老弟那样对待。她给老领导买来啤酒香肠和一种夹馅点心，就摆在柜台一角让老领导吃。老领导让我也吃，我说我不饿。老领导说那我就不客气了，女弟子说他胃本来就不好，还总不吃早饭，这么着时间长了身体哪行（她是对我说的），我说是不行。说完话我打个招呼想要告辞，可老领导拉着我不让我走。聊一会儿聊一会儿，他说，又挺长时间没见面了。我没什么可聊的，可又不能走，就听老领导聊。

老领导的风采全表现在讲话上，不管发表什么观点看法，一听他的条分缕析归纳总结，就能让人豁然开朗。那个女弟子也是，老领导的演讲对她来说肯定更不新鲜，可她听老领导就着啤酒香肠夹馅点心一开口说话，就立刻像只小狗那样安静下来，连售货员小姐都听得入神了。在老领导讲演的过程中，那个女弟子向售货员借了把小刀，无声地把香肠切成薄片，又把点心掰成碎块，就当着我和售货员的面，在老领导讲话的间歇中把香肠点心送进老领导嘴里。老领导并不为他当了孩子让人喂食而感到难堪，他眼睛雪亮，目视前方，好像他低沉动听的话语是送给前方肮脏的墙壁的，而我和女弟子售货员都不存在。大概是讲到某一个需要例证的地方时，不甘寂寞的女弟子终于按捺不住了，她趁老领导仰脖喝酒的空当，忽然插话现身说法。

她说她是一个有钱人的太太，她丈夫的钱已经挣得怎么花也花不完了，她挥金如土的生活过得无忧无虑人人艳羡。可是不行，女弟子情绪激动地拉起老领导的一只手，朗诵似的说，这里总让我不得安宁，她把老领导的那只手按上了她那两只臃肿乳房中间的乳沟部位。为什么？她看看我，又看看售货员，最后去看老领导，就是因为没信仰呀，就是因为缺少精神生活呀！她没有再把老领导的手拿开，老领导也就那么理直气壮地继续按着她的乳沟。自从我成了组织中的一员，听了师傅的教诲，眼前才有了光亮，生命才有了质量……我不好意思去看老领导和他的女弟子，便去看售货员；售货员则目不转睛地盯着老领导和他的女弟子，神情恍惚目光痴迷。

后来老领导吃完喝完，停止了演讲，低头对女弟子说了句什么，女弟子答应一声先出去了。女弟子一出屋，老领导立刻把脸转向售货员，用一种比刚才演讲时还像表演的类似梦呓的声调问，你是新来这里工作的？售货员闻听老领导对她说话，激动得身体都有些发抖，也用梦呓似的声音答了个是。你有慧根，老领导对售货员这样说道，你能成得快，老领导隔着柜台伸出手去，把手背贴上了售货员微隆的胸脯。售货员只是一个二十出头的年轻姑娘，面对一个男人伸向她胸部的大手，她不能不本能地做出躲闪动作。可只躲闪一下，她就像被施了魔法那样定住不动了，任老领导的手背贴上她胸脯。我对老领导的行为感到吃惊，险些大叫一声。幸好老领导的手没像刚才放在他女弟子胸前那样不再拿开，而是只贴一下便旋即抽回。你找到家了孩子，你有福了。老领导把从售货员胸前抽回来的那只手又抚上自己胸口，目光迷蒙地看着售货员和她身后货架上的食品杂物。如果你愿意，你愿意真正成为一个乐而无忧的姑娘，我，随时都会收你为徒。把话说完，不待售货员表示态度，他已转身向店外走去。透过门玻璃我能看到，这时在食杂店门外，老领导的女弟子正向这里快步走来。我不知道老领导是怎么看见他女弟子的（此前他一直背朝店门）。

老领导就这么走了，把我和售货员晾在店里。

说心里话，直到这时，直到我也随即走出食杂店了，我也并没有跟踪老领导的打算。后来我跟踪了他，那只是因为我一时还处在懵懂状态，实在不知该去哪里。而就我跟踪他这件事情来说，与其说是我跟踪了他（还有他的女弟子），莫若说是他引诱了我（用他那种神奇怪诞的方式）。

老领导和他的女弟子是朝公园西墙的角落方向走的。在我的概念中，这八一公园里，在一般人看来还有点意思的去处：也就在东迄小石林、中经喷水池、西至百鸟坡这样一个狭长的地域内了，别的地方都不足挂齿，一向少有游人问津。比如以往我常待的那个角落，包括摇轮椅的男人和玩健身球的老人待的战场那一带，从来都是冷冷清清，因为那里就是公园的东墙根了。同样的，在这边，在这个可以俯视百鸟坡的食杂店的侧院外，也已经就是公园的最西端了，作为西墙根，它也没有任何优势惹人驻足。我曾说过，到八一公园谈恋爱的男女为数寥寥，来这里消磨时光的人，大多是为了玩牌跳舞聊闲天晒太阳，且大多都是老弱病残。而老弱病残愿意聚堆，不像谈恋爱的人那么专找边边角角的偏僻地方。

现在我尾随老领导和他的女弟子穿过一小片新植的幼树林后，发现前边已无路可走。这时我的脑子才略微清醒，觉得自己的行为不合礼法，未免下作。我估计，要是老领导和他的女弟子恰好回头看到我在跟着他们，不用他们羞辱我一句，我自己都会无地自容。我吓出了一身冷汗。我急中生智地就近隐入一棵树后，解开裤子撒起尿来。这可以作为我往西墙根这边走的一个理由：我不是来跟踪的，我是来撒尿的，撒过尿后我就要转过身去沿原路返回的。可撒完尿后，在我最后一次往西墙根的方向看一眼时，却发现，我的眼前根本没人，出现在我视野之内的，除了几株枝头绽绿的细瘦小树，就只是一堵朝两端逶迤延伸的高大围墙了。

虽然我已决定停止跟踪，可跟踪对象的自行消失，仍然让我惊讶不已。难道老领导和他的女弟子已经开始对我实施反监视了？可在这个四处基本都能让人一目了然的地方，老领导和他的女弟子几乎无处可藏呀。形势出现了如此的变化，又一次打乱了我的阵脚，我已经不好再贸然离开了。我只想到，我不该让潜在的观察者看出我的容改色变，现在我唯一能做的，是收敛起惊讶装成无事闲人，让目光穿过错落的小树，故作漫不经心地打量前方，并且把已经划好的裤门系好的裤带再重划一次重系一次。

　　我的前方是公园西墙，那貌似威风凛凛的高大围墙其实已经破旧不堪，之所以看上去还比较气派，主要是因为墙身新近被人用铁锈红色粉刷了一遍。在某处墙身的铁锈红上，写着"此处严禁大小便"几个耀眼的白字，在另一块色调较暗的铁锈红处——这时我忽然看明白了，老领导和他的女弟子刚才既未上天也没入地，他们应该是钻进墙上的铁门里了。原来公园围墙上那块色调较暗的铁锈红处，并不是砖墙而是扇铁门，是一扇镶嵌在砖墙上的小小铁门。小铁门不足一人高，门表面也没有门把手一类鼓凸的东西，因而可以与砖墙鱼目混珠。而且小铁门不仅也被涂成了与墙一致的铁锈红色，在门表还勾出了与砖墙走向吻合的砖缝连线。也就是说，在这八一公园的西墙上，设置着一个通向外边的隐蔽门户。怪不得刚才我往小石林走时，那个文质彬彬的中年男人问我西门怎么走，我还一本正经地给人家讲八一公园只有南门北门没西门呢，看来，是我孤陋寡闻了。我面对那个含而不露的小铁门，猜想是谁开凿了它。当然了，只要稍加留意，也很难说这个小铁门的隐蔽度就有多高。一般来讲，不与围墙靠得近，且只是从这一带匆匆走过，的确不容易从墙上把它区别出来；但谁要是到墙边拉屎撒尿，谁要是在墙边徜徉逗留，特别是谁要是在墙上书写"此处严禁大小便"的标语口号，这个开在砖墙上的小铁门还是不难让人识破机关的。现在我就识破了它的机关，而且算得上是轻而易举。接下来，通过观察我得出的结论是，对这扇铁门所做的伪装，只属于一种掩耳盗铃的自欺欺人之举，至少对八一公园里的工作人员来说，它的存在不会是秘密。

这个小铁门的存在不可理喻，一时倒让我忘记了老领导和他的女弟子。我稍微靠近小铁门一点，努力去回想在这铁门的另一侧，也就是八一公园的西墙外边都有什么。这个不难，只要把视线抬高，突出于墙头的一溜水泥包面的房盖就能帮助我展开联想。我曾经多次路经八一公园西墙外侧的狭窄马路，马路牙子上靠公园墙这一侧，应该是一些依墙而建的斜顶平房。在我的记忆中，那些斜顶平房都是私人建的临街门市房，虽然我没进去过，但从它们门口挂出的牌匾上可以了解到，它们都是美容院洗头房濯脚屋一类的地方。这也就意味着，眼前这扇神秘的小铁门，如果真是一处可以沟通墙内墙外的往来门户，我打开它，走进去，到达的便必然是某一个美容院洗头房濯脚屋的后屋内室。

我自然不敢打开它，走进去。

这时我才又想起了我为什么会来到这里。可一想到我来这里的原因，一想到光天化日之下我居然丢失了我的跟踪目标，丢失了老领导和他女弟子的影子，我一下子变得愤怒起来，好像我是受了愚弄。是的，我想过我要原路返回，不做一个卑鄙的跟踪者。可如果我那样做了，那是取决于我的自我约束，我是结束跟踪行为的主动的一方；现在却不然，现在我不能再继续完成我的跟踪活动，好像并非出自我本意，我的自主行为一下子就变成了一种受他人左右的无奈之举，我处在了一个别无选择的被动的位置。我出声地骂了句他妈的，而且里边自责的成分还更多一些。我回头看看已被新植的幼树切割成一角一块的食杂店，决定先不离开这个我不很熟悉的公园西部，索性就在这里看看走走。

我掏出支烟，叼进嘴里，漫无目的地在幼树丛里寻寻觅觅。当然了，我的寻觅毫无结果，因为我根本就不知道我要寻觅什么。

我看到，一个本来应该供人歇息的破石凳上，摊着一堆风干的人屎，屎已变黑，飘不出臭味，带给人的恶心的感觉似乎更是视觉上的，而非来自嗅觉；我又看到，一株相对挺拔些的小杨树上，中间部分被人用刀刻出了几个大字："吴艺我爱你！"我知道光有这几个字肯定不够，就又找，在对面一棵不那么挺拔的小杨树上，果然找到了同样用刀刻上去的"张振我爱你"几个字；我还看到，距我不远处的一块空地上，有一个画画的小伙子正端坐在画架前，看看远处，又看看画架，看看画架，又看看远处……我的情绪平静了下来，又点支烟，打算往回走了（当然我也不清楚我要"回"到哪里）。

照理说，既然我决定往"回"走了，我也就没必要再对公园西墙上的小铁门投以关注。可是随着一串清脆动听的叮当之声传进我耳里，我还是下意识地循声把头转了过去。事实上，那铁球滚撞出来的悦耳声音纤弱细小，一般人是不会对之发生兴趣的；可对我来说，那一串纤弱细小的铁球滚撞声却非同小可，我一下子就从它的节奏韵律当中听出了亲切听出了熟悉。于是我回头之后，不仅再次看到了稀疏小树掩映中的公园西墙上的小铁门，还首次（这一天的首次）看到了玩健身球的老人从天而降般地出现在了小铁门附近。

你也许要说，不对呀，据你前边交代，摇轮椅的男人告诉过你，玩健身球的老人已经死了，就死在这公园里，死在东墙根，死在战场的棋桌上呀。是的，摇轮椅的男人的确那样说过，而且在此之前，我对摇轮椅的男人的话也深信不疑。事情明摆着，只要神志没什么毛病，谁也不会拿别人生生死死这类事情开玩笑的，制造谣言说一个活人已经死了，这和诅咒没有区别。况且不论从哪个角度讲，摇轮椅的男人也没必要对我诅咒玩健身球的老人。所以猛一见到玩健身球的老人，我也大吃一惊，甚至想到了要撒腿逃开，我以为在这我不甚熟悉的公园西墙根，我见到的是一具鬼魂。当然不是鬼魂。我是一个无神论者，我不认为人死之后能变鬼成精，能复活过来（只要还活着就不算死）。以前在报上，我倒也看过有人死而复生的新闻报道，说某某死去若干时日后，又以另一副样子回到家里（这说明，即使死人真能复活，起码也得变变模样，而不会像玩健身球的老人这样，一个月前与一个月后还如出一辙），头头是道地讲述以前家里是什么样子。说以前妈妈如何为他缝补衣裳，说以前爸爸如何与他促膝谈心，又说哥哥怎样，再说妹妹怎样，还说妻子怎样……但对这样的报道我始终存疑，最简单的理由是，那为什么妈妈爸爸哥哥妹妹和妻子都不认为此时的某某就是彼时的某某了呢？所以这个自称某某的人即使全盘承接了某某的魂灵（假设人有魂灵并且可以传输给一个他的替身的话），他也不该再是某某了。确认某某的方法不是看他是否还记得他家的样子他妈妈爸爸哥哥妹妹妻子的样子，而是取决于他自己的样子。说一个十岁的孩子就是当年死于三十岁的某某，这样的说法我拒绝接受。因此一看到玩健身球的老人，特别是当我明确地知道我未认错人时，我立刻就认定了他不是鬼魂，他还是过去在战场和摇轮椅的男人下围棋的那个老人。我的结论是，他并没死，至于摇轮椅的男人为什么咒他，那就不是我操心的事了。可你知道，以我的性格，即使玩健身球的老人真的创造了一个死而复生的奇迹壮举，如果他没发现我，我也是要躲开他的。我没必要和任何人嘘寒问暖沟通交流。可遗憾的是，当我看到玩健身球的老人时，他也恰好看到了我，并且在忽然之间的一愣之后，他有些慌张地首先冲我打起了招呼。

你怎么……挺好吧？

挺好挺好。你怎么……

显然，我和玩健身球的老人都有些尴尬。我尴尬，是因为我来此处的动机难以出口，那么他尴尬，是为什么呢？我真担心他告诉我他的尴尬是因为他最近经历了一次耸人听闻的起死回生。幸好不是这样。你也……是玩完了还是没进去呢？玩健身球的老人干笑了两声，瞟着公园西墙上的小铁门说。我以为你们这种大机关的大干部，都要去大酒店的高级包厢呢，想不到还来这……我一时不知如何回答。可玩健身球的老人误解了我，他认为我的张口结舌是由于害羞。嗨，没啥不好意思的，穷欢乐呗，都是男人，用不着装假。

我仍然张口结舌无言以对。玩健身球老人说出的话，已经再明白不过了，我等于也就知道这通往美容院洗头房灌脚屋的小铁门是咋回事了。我想实事求是地说我来这公园西边不是为了风流快活，只是为了到食杂店里挂个电话，但电话没挂过去。可我知道，这样解释肯定不行，毕竟食杂店距这西墙根还有段距离，电话挂没挂过去，我都没有理由出现在这里。我当然也可以说有尿了，来这里是要方便方便。但望一眼公园西墙上"此处严禁大小便"那几个大字，又望一眼刚才我在其根部撒了泡尿的那棵树，觉得还是不行，即使我能准确地指出尿痕，也仍然像是制造谎言。在玩健身球的老人眼里，我是个在大机关里工作又会读外文的文明人，是不可能与标语口号对着干的。我脸憋得通红。报纸上曾登过一篇叫《客厅里的爆炸》的文章，讲一个父亲带女儿在朋友家做客时，朋友兴冲冲地烧了壶开水灌进暖壶，准备给来访的父女沏茶喝。朋友灌完水后又去厨房洗杯子，可就在这时，刚刚被灌满开水的暖壶在没人触碰的情况下，却壶胆炸裂了，水洒了一地。朋友从厨房跑回客厅，见是壶胆炸了，连说没事；而坐在暖壶旁边的父亲也只能抱歉地说，太对不起了，我一不小心……在回家的路上，女儿对父亲说，那个暖壶不是你碰炸的，没人碰它，是它自己炸的，可你为什么说你碰的呢？父亲想了想，说，那个朋友没在屋里，没有看到暖壶自爆，如果我说暖壶是自己爆炸的，他表面上肯定会同意我的说法，可他心里能相信吗？现在我面对的就是一只自爆的暖壶，既然我来到了这公园的西墙根，我就脱不开与西墙上小铁门的种种干系。

我挤出笑脸对玩健身球的老人说，咱们都这么熟了，我跟你还有啥装的。我真是头一回往这边来，是刚听人说了这西墙上有个小铁门，还有点秘密，可别人呢，说得也是糊里糊涂……真是这么回事？玩健身球的老人问了一句。但我看得出，他不是不信任我，他脸上的优越感表明他只是同情我的信息不灵。也是呀，你是大衙门里的国家干部，不像我这种老行伍，谁敢跟你说这个呢。玩健身球的老人拉我坐在一片翠绿的嫩草上，把手里的健身球玩得出神入化。我呀，比你老弟大个几岁，经的见的也不算少了，现在老了老了回头一看，这一辈子，也就那么回事。人呀，得乐且乐，没啥不对……玩健身球的老人对我推心置腹，似乎急于求得我的理解。我说，你说得在理，可就是——太危险了吧……玩健身球的老人不屑地笑笑，你倒细心，他说，你想玩尽管放心玩好了，那几家美发厅洗头房都是一个老板开的，门脸是单独的，里边却是连着的，这后边又跟公园通着，谁也抓不着你。最主要的嘛，玩健身球的老人停住手中铁球的撞击，盯住我眼睛，那老板，跟公园跟公安的都是哥们儿。我噢了一声，连我自己也不知道是什么意思。忽然，玩健身球的老人现出一脸的厚颜无耻来，跟他的年龄极不相称。这个老板，太会经营了，我不敢说物有多美，但价廉绝对是全市第一——嘻，我也是听别人说的……我的脸上有点发红。我想离去可站不起来，好像屁股底下挂了个铁锚。我小声问，那里，预备呀，不自己带吗？我的问法把玩健身球的老人逗得直笑，啥预备带的，你就直说女人得了呗。玩健身球的老人更无所顾忌了，一双老眼贼光四射。你当然可以自己带，那就光收你个床板钱，更便宜了。可话说回来了，像你我这岁数的——哦，你比我年轻，可再年轻也四十多了吧？就算有个铁子，也得老大不小了吧，还熟得发腻，那有啥意思。人家老板供应的，个顶个都是我孙女辈的，那嫩的，一掐直冒水……我说老弟，别光图便宜，一分钱可是一分货呀……

玩健身球的老人有点得意忘形了，说话的声音越来越大。我看着他的表情，心里说不好是羡慕嫉妒还是厌恶，我忽然截住他话头刻毒地说，我说师傅，我可听摇轮椅那老兄说了，你这身体——我话没说完，玩健身球的老人立刻有了激烈的反应。

他他妈放屁，我是看他没这个能耐，才说我也不行了安慰他呢……我没想到我泛指的身体在玩健身球的老人这里变成了特定的指代，忙说不是这意思。可玩健身球的老人好像对摇轮椅的男人满腔仇恨，他大喊，王八蛋！他是妒忌我，他是心理阴暗！就是真不行了，我起码还能光溜溜地在大姑娘身上躺一会儿；可他呢，他连在女人身上躺一会儿的本事也没有了，他他妈的算不上男人……

玩健身球的老人发脾气时，我想悄悄溜走，可他一见我想溜走，就消气了，非拉我陪他再聊一会儿。没办法，我只能陪着他说话，陪着他离开公园西墙，往东走。路经公园南门时，我灵机一动，说我得回家了，问他走不（我知道他不能这么早就离开公园）。果然他说他不走，还埋怨似的说我大长的天呢，回家有啥意思。我说都快待一上午了，回家吃午饭去。玩健身球的老人便挤眉弄眼地与我握手道别，格外热情，那意思好像在说，这一回我俩算是有了一个共同的秘密了。可我并没立刻靠近公园南门。我不想和玩健身球的老人待在一起，也不想去面对还坐在公园南门口的看门妇女，毕竟人家求助的事情我还未办妥当，我总不能拿五个"58"打头的电话号码向她交差吧。我站在一个写着"游园须知"的大木牌子后边，看玩健身球的老人已经没有踪影了，才抬脚迈步，往喷水池的方向走，也就是往公园北门的方向走。

我在前边的讲述中，对八一公园的格局多有涉猎，如果此时你脑子里已经有了幅公园平面图的话，你应该知道，喷水池处于八一公园的中心部位。我的意思是，我现在要是从北门出园，首先将通过的便是处于南北两门中心点的喷水池。

现在的时间快中午了，春日的阳光非常温暖，喷水池的周遭又没什么遮蔽，因此有更多的游人向这里聚来。我走在聚向喷水池的人群之中。一般来讲，如果我急着赶路，把我此行的目标定为北门，那么当我行走在喷水池以南时，我就应该不断超过那些聚向喷水池的游人；而当我行走到喷水池以北时，我就必然与一个个聚向喷水池的游人擦肩而过。可这时候，我也不知道我是成心还是有意，在接近喷水池的过程中（也就是行走在喷水池以南时），我却成了一个不急不忙的人，竟也像其他游人那么无所事事地瞎溜达起来。尤其是进入喷水池的范围之后，我居然完全停止了继续北行，而是绕着喷水池优哉游哉地东看西瞧。

在人群之中这样走来走去，并非是我以往的习惯，连寻一个僻静处散步的习惯我也没有，怎么能跑到这大庭广众之下来散步呢。在过去，我总是想要去哪就直接去哪，即使到了一个地方无事干待，我也不愿意把时间搭在道上。所以现在，我原本也以为，漫无目的地瞎溜达会给我带来某种心理不适，可出乎我意料的是并非如此。我不仅没有感到不适，混迹于人群中，反倒给我带来了安全感松弛感和以前未曾体会到的一些乐趣，甚至，我还不时主动与那些看着眼熟的公园常客点头招手：好哇师傅！师傅你好！我为我的变化感到高兴，这变化可以证明，我又适应了一种新的生活方式。

后来，当我的注意力集中到喷水池旁边的那些女人身上时，我的动作表情都更自然了。事实上，对这些女人中的大部分我都没有印象（两小时前我见过的那些女人已经被人领走了？），也有一些有印象的，明显的年龄偏大形象较差。这些女人分别处于喷水池这一地域中最抢眼的几个地方，或三五成群地聚堆聊天，或一人独自地来回踱步，或与某一个或某几个老头打情骂俏。但她们不论取怎样的方式摆布自己，全都目光飞动，眼波顾盼，估计是在掂量进入她们视野的每一个男人。我看得出来，我是她们重点关注的男人之一（与更多的充斥在喷水池周围的老头相比，我尚年轻），这让我感到洋洋自得。我的脚步更迈不动了，公园北门似乎成了我记忆之外的一个地方。我停下来，在一个与喷水池保持着一点适当距离的地方晒起了太阳。我觉得此时我的大脑里一片空白，可细细一想又不是那样，我应该是在琢磨我有无胆量凑向那些女人，凑向她们中姿色尚可的一个或几个。当然我还说不好凑近她们后我能干些什么，我敢干些什么，但凑近她们的欲望使我情绪亢奋。结果我虽然是站在暖洋洋的日光之中，却怕冷一样浑身发抖。可我知道，即使我心中的欲望把我烧死或冻死，在公园这个众目睽睽的环境之下，我也永远不会有勇气凑近那些女人。我在心里很瞧不起自己，只是不知道我是瞧不起自己欲念勃勃呢，还是瞧不起自己没勇气凑近女人。我沮丧地捏碎手中的烟蒂，准备离开喷水池，朝公园北门走。

师傅，等等。

我的步子还没迈开，就听到一个女人轻声喊我，我转过头来，见来到我身边的竟是两小时前在喷水池旁和我一块看报纸的娃娃脸妇女。你——我有些惊讶，既惊讶这么巧我又见到她了，也惊讶都两个小时了，她仍然没有被人领走（她可是喷水池这里较有姿色的一个女人呀），同时我还惊讶她在这样短短的一段时间里就变成了公园的常客（她不再叫我"大哥"，而是叫我"师傅"了）。又碰着你了，真挺巧哈，这是不是也叫有缘。我只能把我的第一种惊讶表示出来。但我说话时，我估计我眼里的欲望已经掩饰不住，这是娃娃脸的脸色告诉我的。几秒钟前，娃娃脸的脸庞一映入我眼帘，那上边的神色还以试探为主；可我话一出口，眼睛与她一对到一起，她那张娃娃脸上的内容就丰富了起来。真觉得有缘吗？不会烦我吧，我在那边就看着你了。娃娃脸的双眼脉脉含情，里边充满挑逗还有点嗔怪。我开始见你站在这里，以为你是等相好的呢，可四处踅摸一圈，见没谁像是跟你一块的，就过来了。我说没等人。我又开玩笑说等也是等你。我最后壮着胆子说是等人呢，正等你这个相好的呢。这一下娃娃脸笑得千娇百媚了，甚至还上前拍我一下。那你刚才怎么唬我？唬你？我怎么唬你了？我一时没反应过来她指的是什么。你说你急着回家呗，你说你老婆……噢，对不起对不起。我不好意思地扫了周围一眼，以躲风点烟为由与她拉开点距离。我说，我是急着回家的，可挂好几个电话，也没和妻子联系上……那边有个老头缠着我陪他说闲话，可一见你来我就把他甩了。娃娃脸并不听我解释，她还是急于向我表白她对我的好感。就这样，她看着我我看着她，眼睛里边居然都有了些火辣辣黏糊糊的东西。

当然我很快就意识到我们的表现都不对头了。虽然对眼下我们所从事的事情我也没有经验，但常识性的东西我还懂得。我没必要为我先前没有选择她而向她道歉；她也无须做出钟情或忠实于我的任何姿态。可现在我俩全离谱了，竟然把花钱买乐的商业行为演变成了一对互相恩爱彼此依恋的模范情侣间的精神生活。我说，你真愿意跟我干吗？娃娃脸听我忽然这么直通通地发问，愣了一下，然后害羞似的点了点头。刚才你走之后我就总想着你，觉得你肯定还能回来。我没搭她这个茬。那你，有地方吗？这回娃娃脸摇摇头，我不敢领你去我家。那你跟我来吧，我说，咱们去西墙根那边。娃娃脸无条件地重重点头，她肯定也知道西墙根下小铁门的秘密，或者，由于对我太有好感（如她表现出来的那样），她并不介意与我露天操作。我往前走，娃娃脸紧紧随在我的后边。我又站下说，这样，你远远跟着我，我不想让人看到咱俩一块走。想来是我态度的变化影响了娃娃脸，否则的话，我这样安排，她至少会再跟我开句玩笑（她性格挺外向）。可她虽然脸上掠过一丝不快，却还是顺从地留在了原地。

　　从喷水池往西走，路过百鸟坡时，路过食杂店时，我每次回头，都能看到娃娃脸不远不近地跟在我后边，见我看她，她就不动声色地挤挤眼睛。我挺满意。这是一个懂事的女人，也就是说，她知道体谅别人的苦衷。我加快了前行的步子。前边就是那一小片新植的幼树丛了，透过细瘦的小树枝干，已经影影绰绰地可以看到铁锈红色的公园西墙了。我的心跳加快了速度。可就在这时，我却不合时宜地想到了一些别的事情，一些与娃娃脸与公园西墙与墙外侧的美容院洗头房濯脚屋都没关系的事情。我想到了我的家庭和妻儿，我的单位和工作。我把手伸进兜里去掏香烟。烟盒掏出来了，可一捏，里边是空的。我继续掏，希望兜里还有储备。然而我没有发现储备。在我兜里，只储备着一本窄32开本的小薄书。也许我的储备烟曾揣在兜里，却不知什么时候又丢掉了。我把兜里的书使劲按按，免得它也丢掉。我倒不是多么珍惜这本名叫《生化理论对进化论的挑战》的英文小书。它不是我买的，没花我钱，它是一家出版社送我的，它丢与不丢我不在乎。出版社希望我把它翻译成中文，可我在心里都把它翻译好几遍了，却一个字也没落实到纸上。我不希望它丢掉，是因为我记得，在它的书页间夹着张白纸，那白纸上，尚有五个没被涂掉的以"58"打头的电话号码，我是不希望丢掉它们。我确定了兜里小书的安全程度，又回头向后看了一眼。我发现，娃娃脸正有些茫然地东张西望，她肯定是一时没盯住逶迤穿行于幼树丛中的我，着起急来。娃娃脸的神态提醒了我，我意识到，如果我要把她甩开，现在倒是一个绝好的时机。接着我又想，虽然从我现在所处的位置看，要离开公园走南门更近，但我可以绕一点远，从北门出园，那就既不会碰到守在南门口的看门妇女，又能彻底摆脱娃娃脸了。我朝北望去，看看哪里有路能送我到北门。可我的犹豫使我贻误了时机，当我决定不管三七二十一地先离开小路，躲进一侧树木相对密集的林丛中时，娃娃脸已重新发现了我。她加快步子向我走来，我也只能像什么念头都没动过那样，又大步流星地向前走去。又走了大约十五六步，我就来到树丛边缘，直接面对公园西墙了。由于我光顾打量墙上"此处严禁大小便"那几个白字和与铁锈红色的砖墙几乎融为一体的小铁门了，没留意脚被绊了一下，我险些跌倒。我低头去看绊我的东西，惊讶地发现，在我脚下，竟是一个人仰面躺着，并且躺得别别扭扭曲曲歪歪。我吓了一跳，忙驻足细看。躺在地上的，是个男人，穿一身浅色西装（沾满尘土和树叶），头发梳得油光锃亮（但已零乱），鼻梁上架副金丝边眼镜（只有一侧的眼镜腿还挂在耳朵上），手旁还丢着本有着黑色硬壳封皮的厚书。不用多花时间我就看出来了，这是我在去小石林洗脸之前，碰到的那个文质彬彬的问路男人；仍然不用多花时间我还可以看出，他已经死了。

第三章 午休的时候

噢，他呀，克莱尔过去老是对某个朋友或亲戚说，他对自己太满意了，就是在抽水马桶的底下也能快乐地生活。他一边违心地想象着抽水马桶里的水、瓷具还有粪便——但不去想马桶的搅动，一边居然点头并且加入到她的笑声里去。据克莱尔讲，她的男朋友，她是这样称呼情人的，也是可以生活在抽水马桶底下的人。

——霍克斯《情欲艺术家》

身后没人追我赶我，我走得就慢，大概就是因为我走得太慢，才在那家肮脏的冷面店门口碰到了男女同学。是大学时代的男女同学。

也许这样推理稍欠准确，并不能把碰到大学时代的男女同学完全归罪于我走得太慢。我视力一向很好，即使走得慢些，但只要在走，我就能先期发现男女同学；而一旦是我先发现了他们，我自信我是躲得开的。所以，要怪该怪冷面店旁边那家录像厅门口的小伙子，还有小伙子身旁的广告黑板。

我从吉祥市场的南口往北走时，一双眼睛始终在左顾右盼，倒不是我要寻找什么，我只是在看街道两侧的那些店铺门脸。谁都知道，对着店铺门脸左顾右盼的人才真正像一个逛街的人。街道两侧的那些店铺门脸，一概花里胡哨，就像八一公园里那些扭秧歌老人脸上的浓妆和身上的衣裳。不过八一公园里那些扭秧歌老人脸上的浓妆和身上的衣裳刺人眼目，而吉祥市场街道两侧花里胡哨的店铺门脸则比较和谐，所以，现在我走在前拥后挤的吉祥市场里，面对比较和谐的店铺门脸，能像鱼游大海一样安详自在。也许这与逛市场和逛公园的差异有关吧。举个最简单的例子来说，在市场里，即使是一个与你天天谋面的人，也绝不会试图与你结识熟悉，他（她）顶多冲你打声招呼："哎大哥——"

我这样想着，就听到了一声"哎大哥——"开始我以为这声音来自我的幻觉，可紧接着我就意识到了，它来自我的耳朵外边，来自面前一个与我经常谋面的人。不过即使我看清了那人是在叫我，我也并不紧张，因为我知道，他叫我绝不是为了与我结识熟悉。你好大哥，过来走走？拦在我面前的是个小伙子，是我身旁这家夏威夷镭射放映厅的工作人员。今天放新进的《风情万千玉女神探》，看看不？我每回从这里走过都能看到他站在放映厅门口（从没坐过），不是忙于卖票收票，就是热情地拉住一个或几个过路行人向他们推荐正上映的 VCD。他总是口若悬河滔滔不绝，但声音不大，脸上的表情还神秘莫测暧昧不明。以前这小伙子从没正眼看过我，可现在却跟我主动搭起话来，我分析，一个原因是觉得我总独自一人也没个伴，招进放映厅里也只能赚我一张票钱没啥意思；再一个原因，是他觉得我并不像个因游手好闲才逛市场的人，不会有精神头看影碟消磨时间。他认为引我入瓮是对牛弹琴，所以他宣传广告的对象总是我之外的其他人。可现在大中午的，炎炎夏日底下行人匆匆，而放映厅里准保也早热成了一只大号蒸笼，没什么观众，这样他一见到我，也就饥不择食了，抱着赚不着拉倒能赚着更好的态度对我展开了宣传攻势。温紫姬知道吗大哥？眼下香港最红的波霸，那两个大奶子的保险费就值……小伙子指着小黑板对我说，演得也好，也火爆刺激，大哥你先看看内容介绍……温紫姬的名字我头一次听说，可大奶子演员演的电影我倒看过不少，所以我对《风情万千玉女神探》这样的影碟并无兴趣。可我之所以还是把目光停在了写满广告词的小黑板上，是因为那块小黑板上的粉笔字写得太漂亮了。怎么说呢，就跟从一本连续多年走俏全国的硬笔书法字帖上拓下来的一样。懂写字的人都知道，钢笔字可以写得这么漂亮，毛笔字可以写得这么漂亮，可粉笔字能写到这个份上，我敢说是绝无仅有的。

这字，你写的？我靠近黑板，端详那些花花绿绿的粉笔字：风流打天下，情欲定乾坤，万难有灵智，千险凭肉身……不是，不是我写的……小伙子听我问他字的事情，既有些得意，又有些忸怩。可我顾不上看他作态，我继续看广告词前的“开篇诗”：玉容织罗网，女色布陷阵，神仙妒魔鬼，探得人间春。竟是一首蛮说得过去的藏头诗。广告制作者为了突出广告的色彩效果，同时也是避免别人看不出这广告文字是首煞费苦心的藏头诗，每行开头第一个字，"风""情""万""千""玉""女""神""探"，还都是用红粉笔写的，以区别于其他的绿粉笔字。有点意思，我不觉出声地咕哝了一句。可有意思了，小伙子在一旁接茬道，男主角是……他又说出一个名字。听他口气，好像那名字应该世人皆知，可像温紫姬一样，这同样是一个让我陌生的名字。看看吧大哥，你要是觉得一个人看没意思，我给你找个陪看小姐，陪看小姐的票免费，小费你看着给就行……这下我明白了，以前他在口若悬河滔滔不绝地招徕观众时，为什么声音从来不大，脸上的表情还神秘莫测暧昧不明。我不好意思直截了当地拒绝他，只能顺手指指他身后那家肮脏的冷面店说吃完再看。饿了，我边说边向冷面店靠去，先吃碗冷面。

就是这时候，大学时代的男女同学与我狭路相逢了。

嗨，是你——他们的惊讶不亚于我。

是——你们……我也像他们一样缺少心理准备。

坐进名为"伊甸"的西餐厅，我浑身上下都不自在，可又不能表现出来。我也像男女同学一样说着一些言不由衷的话，什么真想念呀，多少年没见了，怎么总也听不着动静呢，干吗连个电话都不挂……虚伪极了。我知道，我的出现干扰了他们甜蜜的幽会，他们烦死我了；而我宁可坐进蒸笼般的"夏威夷"去看波霸温紫姬，也没兴致与男女同学在这个灯光迷离音乐袅袅的伊甸西餐厅里抚今追昔（我没兴致和任何熟人抚今追昔）。可我现在却要和他们共同坐在一张桌前，并且还得接受他们的安排坐在他们中间（正方形的桌子一面靠墙，一面坐我，男女同学分坐我的左右两侧），我别扭得眼睛都不知该朝哪放了。

其实我比他们诚实，还是在外边的市场上，在肮脏的冷面店门口，我与他们寒暄两句后，就表示了我不能和他们共进午餐的态度。我真有急事，我说，我得立刻回家，我和我妻子约好了一会儿要出去办事的。可他们坚决不干，他们反复问我有什么急事。我不善于撒谎，我编造的谎言总是虎头蛇尾难以自圆其说，所以在他们的追问下，我就只能红头涨脸地支支吾吾。他们很不高兴，他们说你怎么对我们这么敏感（本来要离开他们只是我的性格使然，对于他们我并没敏感。可让他们这么一说，我倒真想了一下他们为什么会在一起），什么急事还能有跟老同学相聚的事情更大，然后他们就提到老师家出事了。

我想我之所以随他们走进"伊甸"，完全是因为他们制造了一个"老师家出事了"的悬念。他们说的老师，是指大学里我们班的班主任，而谁都知道，大学四年里，我与班主任老师的关系形同父子。本来我和老师的联系从未断过，但他们说他们刚从学校（我们的母校师范学院）过来，说老师家出事了，还是让我心中惦念，我便没走。然而，直到坐到餐桌跟前，他们解开悬念后，我才知道我上当了。他们说老师家里出的事，就是老师的女儿又离婚了，还开玩笑地问我是不是与我有些关系。我没有响应他们的玩笑。老师女儿离婚的事我早就知道，可现在我再走已不可能了，便只好乖乖地坐在了他们中间。

　　服务员把菜谱拿来，男女同学一致恭敬地让我点菜，还异口同声地说你别客气随便点什么的，让我搞不清楚由谁做东。西餐那些东西我吃不习惯，也不爱吃，可既然坐进西餐馆了，我又只能入乡随俗，信口说出了菜谱上的两个菜名。男同学说，你真会点。女同学说，你常来吃西餐吧。我含糊不清地说唔唔唔唔。接下来是男女同学点菜，他俩同时撅起屁股，将脸凑到一起，指点着菜谱细致研究。我把我的椅子向后拉去，把整张方桌都留给了他们，好奇地仰头琢磨我耳中的音乐来自何方。这时我听到身后一个女人的声音说，你们到底为什么非离？另一个女声不耐烦地说，性格不合呗。托词，前一个女声说，你们怎么会性格不合？后一个女声说，不信拉倒，就是性格不合。前一个女声说，那为什么不合？后一个女声说，我哪知道，婚前了解不够呗。前一个女声似乎生气了，你们同学了四年还了解不够，那得怎么了解才能算够！后一个女声说，那样的四年什么用都没有，光是看电影轧马路到图书馆替对方占座位，连一次真正意义的同居都没有过，了解什么？前一个女声说，胡说，你还为他做过人流呢——后一个女声说，怀孕那种事，有几分钟也能够了，强奸也能怀孕，难道那叫同居吗……我觉得这两个女人的对话很有意思，很想偷偷溜她们一眼。因为我先前挪过椅子，所以现在我坐得离我该坐的那张餐桌远，离这对对话女人的餐桌近，虽然她们是压低了声音说话，我仍然能听得清楚。可我却没法看清楚她们了，我刚冲两个女人侧过脸去，男女同学就点完菜了。来喝口茶，我听到女同学对我说。来抽支烟，我又听到男同学对我说。我只好把椅子又拉回去，坐到我该坐的那张餐桌前边。

男女同学一替一句地和我讲话，像演二重唱，如果他俩中的一个开口快些或闭嘴慢些，那么他们就等于是在同时讲话，他们的声音将重叠在一起。我微笑着喝茶微笑着抽烟，同时不管他说什么我还都微笑地点头。其实我还在想着刚才那两个女人的对话。现在我和她们又拉开距离了，我听不清她们现在在说什么，可她们刚才说的话太有意思了，很耐我寻味：同学了四年还了解不够，那得怎么了解才能算够；强奸也能怀孕，难道那叫同居吗……男同学说，你总笑什么？女同学说，你又打什么鬼主意呢？这回我摇头了，没有——我说，我只是不明白，你俩念了四年书谈了四年恋爱，可最后怎么不结婚呢？我这样一说，男女同学好像同时挨了一棒子，立刻向下矮了一截。停了一会，男同学说，是我，我不够坚决……女同学说，不，是我，她说话时声音都哽咽了，我经不起房子的诱惑……后来他俩继续分别作自我批评，由自我批评转而回首过去俩人共有的快乐时光，又通过甜蜜的回忆引出多年里绵绵不绝的怀念与渴望。渐渐地他们就忘记了我也在场，把我们的三人聚餐，改成了他们的二人幽会。

这样吧……我在他俩之间实在坐不住了，蹑手蹑脚地站了起来，细声细气地道着再见。我先告辞，你俩再坐一会儿。我以为他俩畅游爱河已经应该旁若无人了，都不会有闲空回我声再见。那样最好，我不会责备他们缺少礼貌。可遗憾的是他俩过分看重礼貌，爱情也不能让他们沉醉不醒。你这是什么意思什么意思——他们一齐脸色红红地站了起来。女同学羞涩地说，太对不起了，冷落你了（女同学似乎接受了我的告辞）……可女同学话没落音，男同学就坚决地把我拉住了，哪能走呢，再聊一会儿。男同学脸上的红晕稍纵即逝，刚才对女同学说话时的情意绵绵也一变而为公事公办了（男同学好像是真需要我这块挡箭牌）。你这家伙，别总以为我俩还有什么秘密好不好，咱们只是老同学嘛。他一边往下按我一边说，下午我正好要去你们那边开个会，再待一会儿咱一块走。女同学也忙说，就是，多待会儿嘛，他有会都能多待会儿，你夜班急什么？我只好重新又坐下来。可喝口酒后，我感觉男女同学一停止谈情说爱，我们的餐桌就太冷清了，而我又知道造成冷清的罪魁是我，我就没话找话地问女同学，她怎么知道我上夜班。肯定是男同学也意识到这样冷场不大合适，可他一时又找不着话说，见我提出话头了，他忙替女同学说，你小子的事情她啥不知道，她家先生——噢，我连连拍了两下脑袋，我记起了女同学的丈夫是我单位的领导之一，紧接着，我也就明白了这次男女同学叙旧情为什么一定要留住我这个证人。我说怪不得呢，当初我上班头一天，听到你家先生的名字就觉得耳熟，原来真是他呀。女同学说，你这家伙，有多官僚？我结婚时你不还见过他嘛。我说对对，也面熟。这时男同学有些脸色不对了，我估计，他是后悔不该提起女同学的丈夫。他无论如何也不会想到，我是刚刚才把我的领导与女同学对上号的。我不忍多看男同学痛苦的表情，我说我要去趟厕所。

　　我和男女同学坐的那张桌子，不仅一面靠墙，在整个西餐厅里，也处在一个相对隐蔽的角落位置。也就是说，如果有人在西餐厅的营业室里走来走去，只要不是走得太靠里，是不大容易注意到我们的。而在餐厅里，还有什么地方需要相对隐蔽你是猜得到的，对了，是厕所，我的意思是，与我们所坐那张桌子遥遥相对的地方正是厕所。你又猜到了，在整个伊甸西餐厅里，只有选择厕所这个角度，才能对我和男女同学就餐的角落一目了然。当然我去厕所不是为了远距离监视，甚至在我决定去厕所时，我都不知道这家西餐厅厕所的具体位置，是我先去总台问了一个服务员，经她指点又拐回来，才进的厕所。我在厕所里多磨蹭了一会儿，我的想法是让男女同学多说几句体己话。你肯定也看出来了，男女同学的旧日感情是刚刚复燃，没准这次幽会也是他们分别多年后的首次幽会呢，他们未来的一切需要从此时开始。而且我的确想到了，离开厕所后，如果男女同学恰好没注意到我，我就要像刚才由餐桌到服务台再到厕所那样，走一个由厕所到服务台再到门口的曲折线路，让门口的礼仪小姐转告男女同学一声我先走了，留他们单独多待一会儿。所以，我从厕所走出来时，鬼鬼祟祟有点像贼，都不大敢正眼去瞧我刚才待过的那个角落。

可我的视力实在是出众，虽然西餐厅里光线黯淡，我又没敢正眼去瞧我待的角落，但那个角落里发生的事情还是死皮赖脸地钻进了我的眼睛。

在刚才我坐过的那张桌子上端，女同学正以一种别扭的姿势靠向男同学（中间隔着餐桌）悄声低语；而在桌子下端，男同学的一条腿正横悬空中探在女同学白亮亮的两腿中间（女同学又短又瘦的西式短裙几乎包不严屁股）。我一下明白女同学露在桌子上面的半截身子为什么会显得别扭了，她的姿势只能如此。我知道我更不该朝他们走了。如果一定要过去，那只是我觉得，我应该替他们把那块卷上了桌面的台布展开放下。本来这伊甸西餐厅里每张桌子都铺有台布，且白色的台布还特别宽大，从桌子四面垂挂下来，能成为桌子底下的天然帘幕。我想男女同学之所以敢大着胆子在桌下以脚交流，一是感情到了火候，再一个，也是对这帘幕一样的台布比较放心。要知道，一般人是没能力肉眼透视的。可他们于情浓之际却忽略了个问题，忽略了我刚才坐在桌前闹心的时候，是一直在下意识地摆弄我身前的那部分台布的。那部分台布不仅被我揉出了许多褶子，最后还被我卷上了桌面，这样就使我刚才坐过的那个地方，形成了一个通往桌下的泄密洞口。现在我能一眼望穿男女同学桌下的把戏，正是由于我的目光畅通无阻地钻进了那个宽阔洞口。当然我已顾不得靠上前去处理台布了，我只能急急忙忙地收回目光往服务台走。

哎哎哎——可我的步子刚一迈开，就听到男同学的喊声响了起来，他的声音有点气急败坏。我无可奈何地又朝他们走去，但眼睛只看桌上不看桌下。你这人怎么这德行呢，真不知道咋说你好。男同学显得非常生气，脸上没有一点笑容。女同学已经恢复了正常坐姿重靠向椅背，但她无暇理我好像在品味什么。你总这么着好像我俩真怎么地了似的，啥意思呢？男同学甚至想伸手打我。没有，没啥……我笨笨嗑嗑地说，我主要是，不大会讲话……胡扯！男同学说，你以前可能讲善说。然后他跟我碰杯干掉啤酒，又来指点我的鼻子。不会讲话不行，得练练，现在我俩都不说了，听你的。我说，别逗了，不难为我嘛。男同学说，就是要给你出出难题，你总上不去，跟你现在的拙于表达很有关系。我说上啥上，就挺好了。男同学说，你这人太没进取心，一个硕士，当个副处调就满足啦？副处调算个屁，在你们那种衙门口里，不弄个正经八百的厅局级，就算白活。男同学大概喝多了，否则的话，以我大学时代对他的了解，以我此前近一个小时对他的重新了解，他是不会口无遮拦的。这时女同学也从刚才的品味之中回过神来，虽然水汪汪的眼睛仍盯在她对面男同学的脸上，嘴里的话却是对我说的。就是嘛，你那能力才混个副处调，不埋没人才嘛。你看我家那笨蛋，水平能力人品，哪一样能比上你俩，可副厅都好几年了，还不就嘴好……男同学说，看看看看，你还不向你领导学习，练练嘴皮子……

后来他们经由我，我的领导（女同学的丈夫），又转而说起了男同学单位的一个领导。男同学对女同学说，那家伙不光倚老卖老，还尽闹笑话，我听别人讲过他一个事可有意思了。女同学问，什么事？我也顺嘴凑趣地问什么事（尽管我对男同学单位的领导一无所知）。男同学说，我学不好他的山东话……可话没说完，他自己先笑了。笑了一会他正色起来，说是得先报题目：老、八、路、讲、传、统，他一字一顿地说，说完看看女同学也顺便看我一眼。有一回，男同学说，他又去给中学生讲他送情报被日本鬼子抓住的事。他这人有些讲演天分你知道的（他是说给女同学的），善于唤起听众的呼应。他操着山东腔痛苦万状地说，"小日（yi）本给俺灌辣椒水呀——"说完就停下来看听讲的中学生，中学生忙齐声问，"你怎么样？"他这才回答，"俺没（me）说。"然后他又说小日（yi）本给他上老虎凳呀，小日（yi）本用火钳子烫他呀，小日（yi）本拿皮鞭子蘸凉水抽他呀，不断让中学生问他怎么样，他也不断回答俺没（me）说。等中学生感到兴味索然时，他忽然提高声音又说道："小日（yi）本给俺施美人计呀——"中学生们为之一振，齐声又问："怎么样？"他嘿嘿一笑，"俺来个将计就计……"中学生们非常失望，"你，说了？"可他猛地收回笑容，凛然呵道："俺哪，还是没（me）说！"女同学听到这里大笑起来，将计就计……女同学说，他可真会将计就计……男女同学一齐笑得前仰后合。可我没笑，这个笑话我早已听过。

你怎么不笑，不好玩吗？忽然，男同学转过头来问我一句。我——我一时不知说什么好。好玩，我说，我不笑，主要是，我听过了。你听过了？女同学也转头看我，你也认识他（指男同学单位的领导）？不认识，我说，我听说的也是这个事，但不是发生在你们单位那个领导身上，我对男同学说，我听说这是发生在我们单位一个离休领导身上的事……可这时我看到，男同学的脸上露出了不快。真的，为了证明我没说假话，我扭头又对女同学说，真是我们单位那个离休领导的事，不信回家你问那谁（女同学的丈夫我的领导），就是他把这笑话传出来的……结果，不光男同学面露不快，连女同学也面露不快了。我不知道我怎么把他们给得罪了，我很狼狈。冷场了一会儿，为了缓和气氛，我说，对了，我也知道一个笑话，你们想不想听？要不要我讲讲？男女同学虽然都有些不快，可为了敷衍我，还是哼哼哈哈地表态说讲吧讲吧想听想听。他们同时动动身子，转而看我。我让他们一看就从狼狈之中振作了起来，像个努力要给老师留下好印象的小学生。

说的是呀，有一天，在火车上，在对面座上，坐了对男女……我尽量学着男同学的口吻慢慢开口，一字一板地拖着长音。噢，就像你俩这样，对面坐着。这俩人呀，坐着坐着就搭起话来，说得投机了，也就眉来眼去地有了点意思。可火车上人多，有意思了也干不了啥呀。后来男的灵机一动，把鞋脱掉，将一只脚伸进了女人的两腿中间；女的呢，掀起裙子把男人的脚也给盖住了，……代替那啥暗渡陈仓。男女同学都神色不对了，脸上的笑容凝固如漆。我又把一杯啤酒干了下去，估计我脸上的笑容也如油漆般凝固了。只不过我脸上凝固的可能是酡红，而他们，男女同学，是一些铁青凝固在脸上。后来，我接着说，他俩就到站下车了，各走各的了。可回家以后，男的觉得大脚指头发红，还长了疹子，就去医院找医生看看。医生看完对他说，赶紧治吧，这是性病。那男的说，别扯了，脚指头得性病，太玄了吧。医生说，这有什么玄的，今天上午来个女的，大腿中间，那地方，还得脚气了呢……我把笑话说完，男女同学却毫无反应，连嘴角都没咧开一下。我很没趣，就又去喝酒。让我走吧，行不？我对着酒杯说，让我……滚！男同学没有吱声，倒是女同学喊了起来。你给我滚，你他妈想打小报告随你去好了！呜……女同学往桌上一趴哭了起来。与此同时，我听到啪的一声响，男同学的身子忽闪了一下，险些跌倒（幸好桌子挡住了他）。我知道为什么会出现一个这样的插曲。这是因为，女同学的上身往桌上一趴，下体就要相应地后撤，使屁股回收至椅子深处；而她把原本搭在椅子边缘的裆间部位忽然挪开，必然导致没有任何思想准备的男同学失去支撑，所以要啪的一下掉到地上。可我已顾不得去安抚哭泣的女同学和险些跌倒的男同学了，我听到了让我"滚"的指令，就像囚犯获得了大赦。那，那再见了，我说，现在我也真得回家了。我站起身来，转身离去，也不介意他们对我的道别有无回应。当然在我离去之前，我没忘记，把被我卷到桌上的台布重新展开放下，使那幅洁白宽大的台布像帘幕一样垂向地板，把桌子下面的勾当遮掩得滴水不漏。

从凉爽幽暗的伊甸西餐厅出来，一下子站到热浪滚滚的街道上，我头晕目眩，眼冒金星，好半天后，才看清周围的高楼矮屋店牌铺匾和往来行人。我闭闭眼睛定了定神，慢慢确定了北的方位，然后贴着楼屋店铺那些里出外进的墙根往北走去。

吉祥市场是个货真价实的商业一条街，比八一早市正规多了，也繁华多了，不过中午这会儿，街道上的行人还没有形成鲫鱼过江之势。所以，我之所以放弃了平坦的马路不走而要贴着楼屋店铺的墙根北行，不是害怕拥挤，而是为了享受楼屋店铺墙根处的阴凉。其实中午太阳是直射地面，通过地面物体所形成的阴影非常有限，现在我隐身其间的这一条阴凉，比人体并不宽上多少，所起到的遮阳作用只能存在于人的感觉。可就是这样一条扭扭歪歪的狭窄阴凉，我也无法清静地独享，街上的行人大多与我观察能力不相上下，他们也都发现了这一小条略胜于无的感觉中的阴凉，他们也都前拥后挤地走在楼屋店铺的阴影之中。这样一来，吉祥市场里便出现了一道别致的景观。

由于大家呈一路纵队鱼贯前行，速度就慢，又由于不时有出入店铺的人要断开队列，便使我们这个一路纵队还要时时停顿。对于行进的缓慢我并无怨言，我认为这属于正常现象。可在我所处的队伍之中，有一些人却表现得挑剔，他们不时地要嘟囔几句或叫嚷几声：也太慢了，看西洋景哪。都溜边，属鱼的呀。嗨，怎么停下了！喂，别夹塞儿！这样一来，反倒使那些观察能力比我们这支队伍中的人低的行人发现了问题，他们纷纷凑到墙根来问买什么要排这么长的队。有些观察能力强的人自视自己的智力优于队伍外边那些观察能力不强的人，就不无嘲弄地拿他们开心，故意说些不着边际的话，让提问题的人不知所云而更加着急；当然更多的观察能力强的人比较朴实善良（比如我），能如实告诉询问者什么也不买，只是逛街，但由于太热，就走在阴凉里，在阴凉里逛街可以少挨点晒。个别比较朴实善良的人（包括我）甚至还建议那些观察能力不强的人，也排到队伍里来，走在阴凉下边。这么一来，许多观察能力不强的人了解到了我们排队的用意，就也加入到我们的队伍里了，使得我们这支走在楼屋店铺阴影里的队伍变得举步维艰。那些观察能力不强的人大多也是些不讲规矩的人，他们并不像买东西那样从后边排队向前过渡（当然也很难说我们的队伍哪是排头哪是排尾），他们根本不讲先来后到，总是从他们恍然大悟地提高了观察能力的那个具体位置上插进队里，大有后来居上近水楼台的意思。我本来挺同情队伍外边那些挨晒的人，可这时见他们如此只顾自己不管他人，就也对他们有了意见。不过我有意见还只是腹诽，队伍里的其他一些人就没我这样好脾气了，他们不时地与后加入者争争吵吵，且争吵之声越来越大，越来越激烈，好像大家凑在那狭窄的阴凉里就是为了你喊我叫。我被他们喊叫得脑袋都大了，当我们的队伍移到一个没有人流出入的敞着的门口时，我一抹身子，进到了身旁的店堂里边。

摆脱了拥挤喊叫，进入了肃静的店堂，我才看到，此时我置身其中的，是一家颇具规模的新华书店。

其实说我进的新华书店颇具规模，这不准确，只能说这家书店在我的印象里还有些规模（多年以前我常来这里），而当我现在立稳脚跟后，则必须承认，现在它不行了，现在它已变得非常之小。我的意思，不是说书店的大楼是女人的乳房，随着年龄的增长要干瘪萎缩，我的意思是，这家书店经营图书的营业面积在节节缩小，甚至二楼和三楼已经不卖书了（指示牌上标明，二楼为某房地产开发公司，三楼为某广告公司）。多年以前——我就不说多年以前了，我说现在。现在我站在书店门里，能看清整个一楼大厅。在我左手边的一长溜柜台里，或坐或站或聊天或喝啤酒的人，已不再是多年前与我畅论书事的如花似玉的女图书营业员了，而是一些配眼镜洗照片卖磁带唱盘和修理手表打火机的粗壮男人。只是在我右手这边的一短趟柜台里，还剩下几个无精打采的中年妇女在心不在焉地守着书架书堆，并且她们脸上，也看不出来任何曾经如花似玉的蛛丝马迹。

现在书店里的这种售书格局倒也简明省事，不用爬楼，不用绕圈，连个折返都不用打，一路走下去，就能把全部图书浏览完毕，然后径直由另一边的门口出门离店也就行了。这会儿图书柜台前人不太多，大概因为暑期放假吧，屈指可数的那几个读者，估计都是学生，还中小学生居多。我个子不矮，在中小学生间如鹤立鸡群，因此只需转着脖子慢慢挪步，书架上书堆里都有些什么我也就了然于胸了："哲学政治""法律宗教""商贸经济""名人传记""科技教育""音体美术""外国文学""中国文学""武侠言情""少儿读物"……但这样一路往前走去，我还是没想好我为什么偏要来打量架上那些琳琅满目的图书，而不是向左走，去打量眼镜照片磁带唱盘和手表打火机。可既然已经走到图书柜台这边来了，我也就不好再像闯红灯那么匆匆而过，只能假模假式地在每一处柜台前都停一停。在一处柜台前，有两个唇上刚长出茸毛的小伙子，正嘀嘀咕咕地商量着买什么书，他们似乎阮囊羞涩，嘀咕了许久，才一人买了本英语参考书，另一人买了本数学参考书，意思好像是要回去交换着看；在另一处柜台前，一个半大孩子在问营业员有没有地图册，营业员问他要世界的中国的还是本省的，他愣住了，说老师没告诉他是世界的中国的还是本省的；在又一处柜台前，有两对青年男女靠得挺近（但看得出来不是一起的），其中一对青年男女勾肩搭臂（估计是大学生），另一对青年男女不勾肩也不搭臂（估计也是大学生），勾肩搭臂的男女青年在书林之中如鱼得水，把巴尔扎克、托尔斯泰、曹雪芹、鲁迅这些名字用很大的声音说得滚瓜烂熟，勾肩搭臂的男女青年则合翻着一本《圣哲箴言》小声议论，犹太经典教义……希伯来文化……后来在一个无人驻足的柜台前，我为了能在书店里也找点事干，就顺手拿起一本摆在柜台上边的书看了起来。

竟是一本漫画书，我想这一下我可有理由多待一会儿了。一般来讲，漫画都能引人入胜，甚至会让人忍俊不禁，所以我提醒自己，看的时候别笑出声来。可遗憾的是，我一连看了好几幅漫画，发现它们除了从立意到技法都蠢不胜收外，还像谜语一样让人根本就不知所云。我上上下下地琢磨了半天，得出的结论是它们并非漫画，因为那些线条墨块钻进你的眼睛大脑和心中之后，不仅不能让人发笑，反倒让人怒气横生。后来我见一个稍具如花似玉遗韵的女营业员一个劲看我，我认为她没准是多年以前我认识的姑娘，就主动张嘴与她搭话，问她有一幅漫画画的是什么？她警惕地朝我靠过来一点，看看我手指的那幅漫画，然后退回原位，冷冰冰地答，无题，说完她就不再看我。我只能没趣地重看那幅漫画。那幅漫画的题目，果然就叫《无题》，而且紧接着我又发现，几乎每一幅漫画都叫《无题》，就好像那些画在告诉我，画家也不知道他画的是什么。

我最后经过的柜台是"少儿读物"柜。在"少儿读物"柜旁，有一个席地铺开的减价书摊，绕过减价书摊，就是书店另一头的大门口了。望着从书店门外那一小条阴凉里缓慢通过的行人队伍，我为我两手空空地走进书店后又要两手空空地再离开书店感到不好意思。我已经多年没买过书了，我想我或许应该检验一下，我买书的能力是否也像书店的营业面积那样，已经萎缩干瘪。我伸手摸摸兜里的几张纸币（我知道它们面额都小，所以不好意思拿出来看），蹲在减价书摊旁搜寻起来。可书这种东西是这么回事，你需要它给你带来什么时它才有用，否则的话，它只是废纸。比如你想进大学读书，《高考指南》就是你的需要；比如你想恋爱成家，《爱情·婚姻·家庭》就是你的需要；比如你想以钱生钱，就可以考虑买股票、期货、投资方面的书；比如你想通过阅读来打发时光，就可以买中外小说、社会纪实、名人传记方面的书……可是我，我想干什么呢？我不知道我还想干些什么，因而我不知道什么书是我的需要。后来，正在我左右为难时，有一个女学生把她刚刚翻完的一本书丢到我面前，是那本薄薄的小书让我眼睛一亮。

那是一本还崭新的小书，醒目的书名是《初级围棋教程》，我简单翻翻书里的"前言"，认为这既是本适合我阅读的入门读物，也是本可以帮助我做出满载而归的样子离开书店的书。我想，如果以后我再去八一公园，兜里就不必揣外文书了，下围棋的理由，肯定比读外文的理由更朴实些。喜欢清静，我可以在战场与摇轮椅的男人对弈，图个热闹，我可以混迹在小石林与玩健身球的老人或那个陪我走了一趟战场的年轻人交手。

我立刻变得神采飞扬了。同志——我对负责减价书摊的女营业员喊。可我的喊声太过激动，不光吓我自己一跳，把那又一个稍具如花似玉遗韵的"同志"也吓了一跳。我没想到，我的声音还会如此嘹亮自信。什么事？女营业员歪了歪头，但没向我靠拢。这本书——我拍拍薄薄的《初级围棋教程》问，几折？牌子上写着呢，她向一块几乎被书埋了起来的小木牌子指点一下。我看了眼木牌，七折。那这本多少钱呀？书后头有定价，自己算。女营业员不再看我。我，我像个看不出好赖的傻小子那样继续傻笑，我算不好。哼，这回女营业员正眼看我了，连这都算不好，学什么围棋。你，我不笑了，你怎么这么说话！这么说话不对吗？这回是女营业员粗声大嗓了，下围棋不需要计算吗？连书价都算不好能学围棋吗……这个女人虽然表情呆板，但伶牙俐齿。我不战而败，不敢跟她再斗嘴了。什么态度，我把书扔下，站了起来，不买行不。我气鼓鼓地朝门口走。可我都走到门口了，女营业员更加恶毒的喊声还是不依不饶地追了出来：装什么买书，我早就看出来你干什么的了……

走到吉祥市场北口，我肚子里稀里哗啦地叫了起来。想想在"伊甸"吃的所谓西餐，只不过是几种什么汤，和啤酒一样，只占地方不顶饿。我往路旁看看，钻进一家肮脏的冷面店里。

我现在进的这家冷面店，不是夏威夷放映厅旁边的那家冷面店，两家冷面店除了肮脏和都经营冷面外，其他再无共同之处，它们在吉祥市场中所处的位置，所叫的店名，还有营业员穿的服装，店内的格局和桌椅的款式……都不一样。此时中午吃饭的高峰正在过去，冷面店里的桌上地上都一片狼藉。我找张椅子往下一坐，立刻有个穿红色超短裙的胖姑娘靠了过来，满脸堆笑热情洋溢。大哥几个人吃点什么俺家烤肉用韩国特制的炉子夏天吃也一点不热俺家还新添了烤鱼烤心肝肺大哥……小姑娘操一口外地口音，但说出话来又快又流畅，像背书似的。我把一张像冷面店一样肮脏的五元纸币掏了出来，来个小碗冷面。小姑娘收了钱，却不肯走，脸上的笑容也不肯完全收回。大哥你——光要冷面？对，我说，光要一碗冷面。小姑娘见我说得坚决，悻悻地返身，一扭屁股蹬蹬地走了，去给我端面，露在超短裙下的两条白腿又粗又短。

　　我坐在靠近窗口的一张破桌子前，心不在焉地吃了起来。我的咀嚼缓慢细致，差不多是在一根一根地吞咽面条。倒不是我在品咂什么特殊的味道，主要是我没什么理由囫囵吞枣，报纸上常说，吃东西就该细嚼慢咽，否则会得肠炎胃病。我面前的冷面十分柔韧，搅在一起，如同一个乱糟糟的线团，渐渐地我就咽不下去了。我抬头去看冷面店的外边。冷面店的外边依然阳光灿烂，那些来来往往的行人也依然像小鸟那样快乐活泼，拎包提篮，携妇挈雏，大呼小叫地横冲直撞。可忽然之间，随着一阵汽车笛响，一辆外观豪华的大型客车，从吉祥市场北口外横冲直撞地闯进了口内，把那些刚才横冲直撞的行人惊得鸟兽般散去。受到惊扰的行人散开以后，有脾气不好的又回过身来，冲豪华客车和吉祥市场北口戴红袖标的守卫老头破口大骂，说哪的车这么牛逼往市场里开，说你们两个老东西不好好执勤是干什么吃的（按规定市场内不许进入非运货机动车）。当然骂人的人也只骂几句就住口了，因为车门开处，从车里下来的，显然是些身份特殊的人。首先他们是些老人，白发苍苍，步履蹒跚；其次他们是些很像外国（日本韩国新加坡）人的人，老年男子的穿着一律高档整洁，老年妇女的打扮全部花枝招展。看来，即使是脾气不好的人，也不愿意把挨骂的对象确定为老人（戴红袖标的中国老头不在此列）和外国人。这时豪华客车上的二十来号老外国人已经全部下车了，先下车的不仅一下车就表情动作都很夸张地大喊大叫，还争先恐后地举起照相机摄像机噼里啪啦地照相录像，有不照相录像的也迅速拿出小本子写写记记。那些后下车的，是几个看上去体格好些的老年男人，他们彼此接应着从车上拿出一块大幅黄布，小心翼翼地舒展开来，由几个人共同扯着拽着，游行一样朝南走去。位于这支游行队伍前端的大幅黄布在举起之前，先冲我这边晃了一下，因此我看到，黄布上有一些竖写着的红色汉字闪闪发光（反射太阳的光）。左右两边的几行小字太小太密，我辨不出来写的什么，但中间的两个大字我却看得清楚，上边的是"回"，下边的是"家"。我明白了，刚才我的判断不够正确，这支顶着中午的大太阳来吉祥市场横冲直撞的游行队伍，其成员并非由外国人（至少他们曾经不是外国人）组成，他们不仅也是中国人，甚至还就是出生于我们这座城市的中国人，只是因为他们现在不再生活在中国或生活在我们这座城市了，他们才要把重来这里走上一圈的行为称之为"回家"。

这时一个店主模样的男人来到我身旁，看着我碗里还未吃完的半碗冷面说，对不起先生，你去那边吃好吗，他指了指墙角，这边得打扫卫生了。我看看店主谦和的表情，想不好他是为了捉弄我还是真的要打扫卫生。这时的冷面店里，倒的确只有我这唯一的食客。算了算了，不挪了，我也吃完了。我说着起身朝店门口走。可店主却伸手拦住了我，还示意他手下的服务员替我把冷面碗端墙角去，只是仍然让我说不好他是要要戏我还是真要挽留我。你待这没关系，他诚恳地说，你啥都不吃待这也没关系。我说不待了，都两点了。他说两点怕啥，离天黑回家不早着呢嘛。我想解释一下，我和别人不大一样，我应该白天在家，而天黑就得上班去了。可我刚想开口，我忽然发现，他板不住了，他的笑容里已蓄满了讥诮，接着他和他手下的小姐都笑出了声音。我便什么话都没说，只逃跑似的出了店门。

第四章 工作的时候

　　有时，我们的看林人会浮现在我的脑际。有一次，他用一只翻过来的衣袖在房梁下面捉到一只貂。他没有一刀结果它的性命，要那样倒也不错，公平合理嘛，因为它偷吃了小鸡。可是看林人却找来一枚钉子扎进这只貂的脑袋，然后把它放了，让它哀嚎着一个劲地在院子里东扑西撞，直至咽气。

——赫拉巴尔《过于喧嚣的孤独》

吃完午饭，肚子里边不大舒服，肚子里边一不舒服，搞得我烟都不敢抽了。刚才站在滨河路的马路牙子上，我点着一支烟还没抽上三口，就被一种要拉屎的感觉弄得抓耳挠腮。我忙丢掉香烟，夹紧双腿，收腹提肛，屏息默立，这么过了一会儿，我才将估计已聚会到肛门出口的粪便又压迫回大肠深处。我之所以敢对我的粪便施以压迫，是我知道，不论我给它们多大的压力，它们也不至于沿着曲折的大肠回返至胃，再上溯至喉，最后从我的口腔喷出。如果能够如此，我倒宁可让它们就这样被排出体外。很简单的道理，周围没有公共厕所。若是就在这马路边上，在众目睽睽之下，让你选择或者脱掉裤子拉屎或者弯下腰来呕吐，你选择什么？

当然让粪便最终再由入口出来，这样的事也不能轻易选择，对此时的我来说，还是寻找厕所才为上策。可我也清楚，现在我附近没有厕所，而我的忍耐能力肯定有限，我必须在十分钟内找到一处可供我脱裤子拉屎的隐蔽场所（只能是一个随便怎样的隐蔽场所了，我已不敢再指望厕所）。于是我轻抬腿慢挪步地离开滨河路，朝柳叶河的堤坝上走，我认为，就我现在所处的地理位置与自然环境来说，只有那个堤坝的另一侧才能在十分钟内为我提供一处脱裤子拉屎的隐蔽场所。

柳叶河是大东区老百姓给流经这里的一条运河取的土名。贯穿城市的运河由东南向西北一路流来，平静缓慢，照理说，如果再赋新名，也应该取个更能让老百姓喜闻乐见的名字，我们这座城市里其他区的居民就是这么做的。比如，流经大北区的运河土名叫新开渠，流经铁西区的运河土名叫臭水沟，流经和平区的运河土名叫砂山河，都能与我们这座傻大黑粗的工业城市相得益彰。可偏偏流经大东区的运河土名有了诗情画意，叫成了柳叶河，这未免有些矫揉造作，好像大东区比大北区铁西区和和平区更有学问。事实上没有。我住在大东区我心里有数，大东区的学问和大北区铁西区和平区的学问一样，也就新开渠臭水沟砂山河那么个档次。

我缓缓攀上柳叶河堤坝（不高），面对由东南朝西北缓缓流去的柳叶河，感到心情舒畅了一些，肚子里也明显地轻松起来。肚子里一轻松，我就想到了应该总结一下经验教训，我是说总结肚子不舒服的经验教训。

这肚子突如其来的不舒服，粗看起来好像只是一顿午饭没有吃好，可往细了推敲，其实是因为兜里的钱。我兜里的钱并不是我自己的钱，啊，不对，它们现在算我的钱了。但它们不属于我的劳动所得，而是一笔小小的横财。平常我兜里的钱基本都属于劳动所得，我的劳动不太值钱，所以我兜里的钱总是不多。可现在我兜里的钱——应该是一千零七十四块钱，全是别人送给我的，是贿赂，是不义之财，因此便很多（对我而言）。

本来夜里来送钱的人是送我两千，可平白无故收人这么大一笔钱我心里发虚，就一个劲拒绝。当然我不能告诉送钱的人说我不想要钱是心里发虚，但他却仍然劝我把钱收下。他说你正直清廉高风亮节我心中领了，但这钱你若不收，那些白天已经收了钱的同志就会紧张，就会把钱再退还给我，而这么一折腾，我要办的事就没指望了。我认为他说得也有道理。尽管我并不知道他要办的是什么事情，但既然他认为把自己的钱送给别人才能确保办成事情，那我就不该让他的指望破灭，这么着，我便把钱接了过来。但接过钱后，我说天挺晚了，你打车回去吧，顺手从写着两千字样的信口袋里抽出一小沓钱塞进他手里（我想的是，这样一来，我收的钱就会比别人收的钱少一些，即使以后受到追究，我的罪责也可减轻）。送钱的人说我有我有，与我推让，但他的推让没我坚决。这样他就又热泪盈眶了一回，他说你是好人，我知道我不送钱你也能帮我。我说不能不能，见他愕然，我又解释，我说我不是说我不能帮你，我是说我啥本事也没有，帮不上你。他笑了，说你太谦虚了。送钱的人离去之后，我从原来装了两千块钱的信口袋里把钱拿出来点了一下，是一千二，我知道我塞给送钱人的打车钱是八百，确实多了点，不免又有些心疼。可又一想，两千也好一千二也好，本来它们都不是我的，现在归到我头上了，哪怕只是一分钱，也算白来的。因此就又不心疼了，并且当即就拟定了一个白天要用这笔钱好好吃一顿的计划。这么着，中午我一鼓作气吃下肚去一百二十六块钱，只是说不好饭店也干净鱼肉也新鲜，为什么却把我肚子吃得不舒服了。我是一个唯物主义者，我不相信肚子不舒服是因为花了受贿的钱。我所得到的经验教训是，以后不要暴饮暴食，而想要避免暴饮暴食，就要避免兜里有数目较大的钱，特别是那种属于横财的数目较大的钱。

总结完自己的经验教训，我东张西望地琢磨起周围来。我只东张西望了一个轮次，立刻意识到，我是有了一个新发现的，发现了老百姓把这一片运河叫作柳叶河的简单道理。运河流经大东区的这部分水面，比别处都要开阔舒展，狭长的河床呈椭圆形，确实很像一枚平躺着的柳树叶。看来大东区的居民还真就更有学问，我在这个区居住，绝不能说是鲜花插在了牛粪堆上。我心情很好地沿柳叶的一侧边缘向前（西北）走去，一边四处寻觅着适合我脱裤子拉屎的隐蔽场所，一边就欣赏起了河边的风景。开始我还以寻觅为主欣赏为辅，可走上一会儿，我就变欣赏为主寻觅为辅了。我觉得我肚子里边已风平浪静。我试着抽了支烟，大肠里的粪便并未因烟的刺激而欲再度破门而出。

其实我心情很好没有道理。如果我在柳叶河畔找到了允许我脱裤子拉屎的隐蔽场所，把肚子里的秽物排出去了，能轻装上阵了，我心情该好。可不是这么回事。排泄欲望的丧失来自我体内机制的自然调解，也就是说，不是我根除了我的排泄欲望，而是我的身体机制暂时控制住了我的排泄欲望。换一个角度来看则意味着，一旦我的身体机制出尔反尔，我随时还有被排泄欲望击溃的可能。如此问题也就暴露了出来，在这柳叶河的堤坝上，我已走了十五分钟，可我找到能脱裤子拉屎的隐蔽场所了吗？如实回答我只能说没有。我的意思是，万一过一会排泄的欲望再找到我头上，我仍然要感到束手无策，跟我站在众目睽睽的滨河路上没有区别。你明白了吧，柳叶河的堤坝范围内也并非僻静之地。从柳叶河堤坝的坝顶到达水边，有一片宽约十米长及看不到尽头的黑土缓坡，如果在夏天的旺水季节，运河的流水会漫上缓坡，直逼坝顶。可现在是深秋的枯水季节，河水浅细，原本属于河床的缓坡便袒裸出胸膛，能够供人行走坐卧。本来在走上堤坝之前，我打的就是这缓坡的主意。我想到了这里也会有人，但绝没想到人会这样多，多得让我连一个脱裤子拉屎的隐蔽场所都无法找到。这样，我仍然无法从根本上解决肚子问题。

这是一个有些阴晦的秋日下午，天凉风冷了，气温已经大幅度降低，估计水边的气温应该更低。但我却看到，走在缓坡上坐在缓坡上和躺在缓坡上的许多人，其穿着打扮还与夏天一样，单薄并且短小。他们几乎全是一对对热恋的情侣，参差错落地分布在堤坝下的缓坡上，从我眼前散布开去，往东南延展到柳叶河这片大柳叶的根部，往西北延展到柳叶河这片大柳叶的梢部，就像是密密麻麻地蠕动在一片大桑叶上的条条青蚕，煞是壮观。当然时不时也有个别打太极拳的老人如水落石出般点缀其间，可他们却能（至少是装的能）意守丹田目不斜视，运气推掌和弓腿挪步全都一丝不苟。我不关心零星打太极拳的矍铄老人，只注意那些卿卿我我的缠绵情侣。我发现，那些情侣们走来走去试图找一个合适的落脚之地的少（他们并不介意与另一对情侣距离太近，多近的距离他们都能相安无事），完全无所顾忌旁若无人地搂躺在地上的也少（我认为那更是因为缓坡上又凉又脏，而不是他们不想以地为床），更多的都是面朝河水席地而坐，勾肩搭臂并臀叠股。他们有的悄声低语，有的眉目传情，但雷同的行为则是叽叽呱呱地亲吻和窸窸窣窣地抚摸，动作温柔的火爆的试试探探的大刀阔斧的不一而足，看得我简直垂涎三尺了。我知道这样不妥，可我没法管住自己……

结果是一个打太极拳的老人帮我管住了自己。

你这是——去哪呀？那个打太极拳的老人好像刚刚在这河堤缓坡上找到立足之地，尚未出拳张势呢，正要把一大张印有太极拳图谱的白纸铺到面前的缓坡上。他忽然抬头看见我了，就热情地与我打起了招呼。我不认识他，可他主动开口了，我是不好不笑脸相迎的，谁都难免认错人嘛。啊，回，回家。可我说话的时候却没顾上看他，只想赶紧绕过他身体。不想老人却拉住了我胳膊。你，咋地了？病了吗？老人的脸上满是关心，那种关心从他稀疏的黄牙和浑浊的眼白上释放出来。没事呀，我说，同时敏感地从他的拉扯中挣脱出来，我不能不怀疑是他有病。我听说练气功有走火入魔的，不知道打太极拳是不是也会走火入魔。我现在想的是，如果他真的是走火入魔在我跟前犯毛病了，我应不应该把他送医院去。报纸上可是说过，做好事后反被诬诈的事情经常会发生。如果某种意外摊到我头上，我倒不拒绝助人为乐救死扶伤，并且助了人了救了死了也不必一定要得到报答；但倘若我助了人了救了死了不仅得不到报答还要让人讹诈，那我是绝对不能干的。我干笑两声又迈开步子，想把打太极拳的老人甩在身后。

你真没事？可打太极拳的老人对我穷追不舍，没事你怎么往这边走？往这边走？我看看前边（西北方向）说，往这边走怎么了？你不回家吗，回家应该往那边走呀。老人指指河堤外侧滨河路那边。你，你怎么知道我家在那边？我有点发愣。怎么，打太极拳的老人失望地叫，你不认识我？他脸上的表情转瞬间变了，由关切变成了疑惑甚至愤怒，咱们可是十多年的老邻居呀！我恍然大悟，知道这老人并非有病。我努力去想我家周围都有哪些邻居，那些邻居都什么模样。可不行，不光对这老人，对任何邻居我都毫无印象。其实这时我完全可以马上装出想起了他的样子与他寒暄，推说眼睛近视常年夜班什么的。可此时的我有点紧张，或者说有点难堪更准确些。我说我难堪，倒不是因为认不出邻居感到难堪，那没关系，我早没有了主动结识别人的愿望。我难堪，是因为在这样一个场合下，我垂涎三尺地看别人男欢女爱的那副嘴脸，竟撞到一个熟人（熟悉我的人）眼里，这不免让我无地自容。是，是邻居呀，你看我，连一点印象……我脸上发烫，语无伦次。唉，也是，你们这些当官的，记住我这糟老头子能有啥用？打太极拳的老人伤心起来，唉声叹气地往地上铺他的太极拳图谱。见我要解释，他又说，要不就是警惕性高，怕坏人冒充邻居？老人还挺会冷嘲热讽。那我给你提个醒吧，咱都住北关小区 31 号楼的 4 单元，你家 1 楼 1 号，我家跟你家对门，住 3 号。你爱人个子不高，长得洋气，梳短发；你儿子十二三岁吧，不常回来，住奶奶家还是姥姥家我说不好……这老头果然是我家邻居，说的情况一点不差。不过这让我更难堪了。啊，对，对对，你老说的——我面红耳赤地对他解释，我主要是，主要是拉肚子，想先找个厕所方便方便，再回家……老人退后一步，半斜着眼睛看我，半斜着眼睛看他的太极拳图谱。找厕所？他哼了一声，在这找厕所？离这最近的厕所，也就是你家的厕所了，顶多十分钟你就能走到。可你要是在这柳叶河边找厕所，大概找到天黑也找不着。老人说完了一路左懒扎衣，不再理我。我尴尬地看着老人提气运功，又进一步解释道，其实呢，我是想，先去我老师家，然后再，回家……老人继续左懒扎衣，仍不理我。

我窝窝囊囊地沿着运河流向朝西北走，但对河堤下缓坡上的双双情侣却不敢再垂涎三尺，而是努力学着那些打太极拳的老人的样子，（至少是装的能）意守丹田目不斜视。

事实上，即使我还想垂涎三尺，也做不到了，虽然离开了那个打太极拳的邻居老人，我的心里却没法再踏实。我觉得，我对这个邻居的解释已经弄巧成拙了。我的意思是，与其解释不清我来柳叶河堤的理由，还不如一笑了之，由他猜去。要知道，对解释不清的事，说上一句也是多余。如果这老人喜欢多嘴多舌，我不解释，他顶多暗示我妻子我在柳叶河堤看别人恋爱；可现在我解释了，他就会找出更多的疑点以证明我在做什么见不得人的事，把拉肚子去老师家这些话题都引出来。这样一来，如果我妻子有兴趣去听老人的多嘴多舌，又有兴趣来问我为什么拉肚子去老师家，那我就很难蒙混过关了，这必然要牵扯出我那一千两百块钱的不义之财来。

我怕我受贿的事被妻子知道，不是要说我妻子人品正拒腐蚀永不沾什么的，怕她对我检举揭发。不，我们一样，我们同样见钱眼开，还都不介意钱的来路是否磊落，我们对贪污的钱受贿的钱和劳动挣得的工资钱都能一视同仁。之所以这么多年了我们还一贫如洗，只勉强解决了温饱问题，那怪不得我们，怪只怪我们想贪污却接触不到钱财，想受贿却没人向我们行贿。至于为什么这一千二百块钱的事我不想让妻子知道，那是我心中另有隐情。

与打太极拳的邻居老人分手时，我说过我要去老师家，那不是我信口撒谎，我是真的有此计划。可我为什么要去老师家，去老师家与我兜里的一千多块钱又有什么关系，这就是我的隐情所在了。

你知道的，平常我兜里揣钱不多，个中缘由嘛，我想你肯定一猜就中。对了，在控制日常家庭开支这一点上，我家和大部分工薪族家庭一模一样，是女人当家。我和我妻子做的都是那种没什么外快的工作，生活一向比较拮据，每月的工资拿回家后，合在一起，都由我妻子统一掌握，其中我每月所需的饭钱烟钱（其他我没有花钱的地方），也由我妻子分配给我。当然说到这里我也得申明一句，我妻子虽然掌握着我家的经济命脉，并善于锱铢必较精打细算，但她绝非就是个吝啬鬼守财奴之类的人物。不是的。我妻子非常通情达理，她经常会问我钱够不够花，用不用在零花钱之外再补一些给我。她还总提醒我，在外边吃饭别净糊弄，烟要是戒不掉的话，就抽中档的甚至高级的。她告诉我，平常与人交往要"敞亮"一点，即与同事朋友在一起时（她知道我在单位之外不和同事在一起，也没有朋友，但她还是这么说）要出手大方，钱不够花一定吱声。我想我这样一说你就明白了，在我们家，虽然我没有财政大权，但我也并非就是个受剥削受压迫的二等公民。我听任妻子锱铢必较精打细算，是因为我确实没什么花销，还因为我理解过日子的艰难，体恤我妻子主理一个贫寒家庭的不容易。在这样一种背景之下，我平白无故得来的一千多块钱要是不交妻子，是不是就说不过去了？

可这笔钱，我又实在不想交给妻子，我想把它存在我的小金库里。

许多男人都有小金库，为何设立我不得而知。我只知道，我口挪肚攒地私设小金库，丝毫也没有与妻子离心离德分庭抗礼的意思，它只源于我孝敬父母的高尚理由。你也知道，我的父母都在农村，尽管报纸上说广大的农村都先富了，可我的老家仍一穷二白，我父母的日子过得艰苦。多年来，我一直无力把两位老人接进城里，只能逢年过节地寄点钱去。当然定期寄钱是我妻子的事，这能显示儿媳的贤惠。可我总担心，一旦有一天我父母死了，要我妻子一下子拿出笔大钱来料理后事，她再贤惠也会力不从心。而在赡养父母这个问题上，我一点也不敢指望弟弟妹妹。他们分别结婚成家后，已很少再管年迈的父母，他们不从父母那里抠走我妻子的定期汇款就不错了。所以，我私自攒钱，只是为了应付父母的最后一笔开销，即他们的死亡丧葬费用。否则的话，事到临头时，我不能一下子拿出个说得过去的大数目，去堂而皇之地为老人送终，活着的老人（父母不可能同时死去），没病死老死也会被邻居笑话死的。

我说到这里，你也许已经想到了，我私自存钱的那个地方，是我老师家。

这里我说的这个老师，就是我在师范学院读本科时的班主任老师，他和他老伴我的师母，从我一来到城里读上大学，就待我如同亲生儿子。我认为他们是可怜我这个农村孩子，可别人说，他们是想把独生女儿嫁给我，招我入赘做养老女婿（所以男女老同学告诉我老师女儿离婚的消息时，要开玩笑地问与我有无关系）。但这事他们从未提过。我估计，如果他们真这么想过，之所以没提，是因为他们的女儿连续三年高考落榜，他们觉得她配不上我（当年人们把学历看得很重）。可不管我是否成了他们的养老女婿，多年里，他们对我的好却从没变过，我结婚时，农村的爹妈都来不了，就是他们替补上场的。这样，结婚以后，我把小金库建在他们家顺理成章。至于为什么我的钱不放家里不放单位，道理很简单，放家里我怕被妻子发现引出矛盾，而放单位，我们单位可是被盗多次了。你也许不信，我们那种单位还能进来盗贼？是的，不过盗贼不是"进来"的，是"自产"的。我们单位一直有内盗，内盗利用一些人的钱来路不明不敢声张的心理，翻抽屉撬柜子的活动猖獗。也有人来路明的钱被盗以后想要报案，可让领导压下去了。领导说，让人知道我们这种单位还有内盗，不丢人吗！我的钱全都来之不易，就是单位能丢起人我也丢不起钱，这么着老师家才成了我最保险的银行金库。

当然了，去老师家充实我的小金库，并不是一件非需要雷厉风行不可的事。老师家住在学院路上的师范学院院内，离我家很远，离我的工作单位也不近。但毕竟同在一座城市，依我的脚力，再远的距离也算不了什么。况且大长的天呢，晚上我上班之前能把钱送到，也就行了。所以尽管此时我有了去单位以外的另一个目标，可我的步子仍然不紧不急，甚至由于有了个新的行为目的，我已经开始的下午的漫游，也都像傍晚时分后我的小金库一样，在我的想象中变充实了。

我是走了多长时间走出柳叶河河段堤坝的，连我自己也搞不清楚，只是走着走着，忽然之间，我发现我一下子就处在了一个前不着村后不靠店的环境之中。我的意思不是说我走进了无人区，置身的是一个偏僻的地方。不是的。现在我居住的这座城市，早就人满为患了，只存在荒郊野域被拓出了通衢大道，穷乡僻壤被建成了繁华街市的事情，任何角落都不再清冷荒凉。我说我处在了一个前不着村后不靠店的环境之中，只是要说明，我的前方距新开渠还十分遥远，而我的后方已经再没有了柳叶河的踪影。这便意味着，现在我对我置身的环境无法命名。这里只是大东区与大北区的交汇处，只是既非柳叶河也非新开渠的运河堤坝，因为位置的关系，我处在了一种"无名"的状态中。

一个人，在"有名"的环境里并不会觉得多了什么，可一旦陷入"无名"的境地，则肯定能发现少了什么。这就好像能体会到时间的流逝你不以为意，若在没有钟表参照的情况下，把你关进黑屋子里，把你放到白夜时段里的北极或南极，弄不好那个丢失了的时间就能把你逼疯。报纸上曾登过一个发现美洲新大陆那时期的航海故事，说有几个意志坚强的航海者，就是因为总也搞不清楚自己身在何方而最后发疯的。当然我行走在生活多年的城市里，还不至于遇到漂泊海上那样的苦恼，我毕竟还知道大北区在我身前，大东区在我身后，新开渠在我身前，柳叶河在我身后。可即使这样，我仍然感到心烦意乱。

于是我瞄住了不远处滨河路上的公交车停靠站。

走下运河堤坝，站到滨河路旁的公交车停靠站，我眨眼之间就有了一种脚踏实地的感觉，似乎这么着我就甩掉"无名"找到"有名"了。"骨科医院"，车站站牌告诉了我我现在身处的是什么地方。我回头看看刚才还让我感到前不着村后不靠店的运河堤坝，我发现，运河堤坝与这个站牌的直线距离最多不超过七十米。也就是说，运河堤坝那里也完全可以（肯定就是）

算在骨科医院区域内的。可七十米外的骨科医院区域让我心烦意乱，而七十米内的骨科医院区域就让我脚踏实地，这样的感觉变化真是无法理喻。不过再无法理喻的事情也还是有"理"可"喻"的，我让自己平静下来，就明白了，虽然去老师家并非需要雷厉风行，但兜里揣笔飞来横财，再让我像往日那么缓行漫游，就等于是拿文火烤我，我没法不心绪烦躁意识紊乱。而真正能让我安情定性的唯一选择，就是我必须马上找到一种快于步行的方法去老师家。什么方法能快于步行呢？你知道的，我不会坐出租轿车，兜里有钱我也不轻易坐；而骑自行车呢，倒是也能快于步行，可你也知道，我车钥匙掉便池子里了，我的自行车一直闲置在单位的车棚里边。这样一来，我的选择，就只剩下乘挤挤压压的公交车了。

　　我再次抬头看挂在水泥圆柱上的车站站牌。高高的水泥圆柱上，一共挂了四个站牌，也就是说，由东南开往西北，沿滨河路行驶，将在骨科医院站停靠的公交车，计有四路。我把四块站牌都简单看看，能进一步知道，这四路公交车中有三路是汽车，一路是无轨电车，汽车的编号分别是21路，22路，30路，无轨电车的编号是8路。三路汽车的终点站分别是马路湾（21路）、开明市场（22路）、卫士文化宫（30路），8路无轨电车的终点站是新火车站。这时30路汽车进站了。我看到，几乎不等 30 路汽车庞大的车体停靠稳当，车上的乘客便从前中后三个车门涌了出来。他们的双脚一踏上柏油路面，立刻又不管不顾地绕过他们刚刚坐过的汽车去穿越车流滚滚的滨河路，冲向路南侧的骨科医院。看来把这一站定名为骨科医院站确实名实相符，在这一站下车的人，几乎都是去医院的，只不过在他们中，那些无精打采垂头丧气有人搀扶陪同的是去求医看病的，而那些精神抖擞欢天喜地手捧鲜花水果的则是去慰问探视求医看病者的。

30 路汽车开走以后，我的视野重新开阔起来，目光也自然而然地投向了马路对面骨科医院热火朝天的大门口。这一看之下，我不禁恍然大悟，我说折胳膊断腿撅肋条的不会那么多嘛，原来骨科医院的大门口处，除了挂着一个"骨科"的牌子外，还异常醒目地挂上了其他一系列带有"科"字的大牌子：内科、外科、肠道传染科、生殖泌尿科、人体科学气功科……也就是说，那些摆弄骨头的医生已经一专多能地什么都敢鼓捣了。这时有一片红色缓缓遮住了马路对面所有的"科"，是 21 路汽车进站了，21 路汽车是红色的。我等待着那片红色从我眼前消失，可我眼前的红色却凝滞了一样，因为 21 路汽车刚刚开走，22 路汽车又横了过来。22 路汽车也通体艳红。过了一会儿，我眼前的红色好不容易散净，一片绿色又涂抹过来，是接着进站的 8 路电车，

8 路电车有着绿色车体。这分别在我眼前停了一会儿的 21 路汽车 22 路汽车和 8 路电车，与 30 路汽车停下来后的情形基本一样，下车的乘客除了无精打采垂头丧气有人搀扶陪同的，就是精神抖擞欢天喜地手捧鲜花水果的，都奔骨科医院。我目送着一拨拨求医看病的人和一拨拨慰问探视求医看病者的人汇集在骨科医院的大门口里，感到大开眼界，想不到生病求医的人会如此之多，而慰问探望病人的人居然也会多至如此。与此同时，我似乎还闻到了病房里消毒药水呛人的气味，还听到了太平间方向哭爹喊妈的悲切声音。

这时又一趟 30 路汽车开了过来，下车的人走净后，我听到车上的售票员问走不走。我左右看看，见站牌下等车的只有我一个，显然售票员是在问我。我忙说不走，又说谢谢。

我不走，并不是我忘记了要去哪里。去师范学院的老师家，这我没忘。可我不能轻易上车，是因为眼下的四趟车都无法径直把我送到我要去的地方。你已经知道了，21 路汽车开往马路湾，22 路汽车开往开明市场，30 路汽车开往卫士文化宫，而 8 路无轨电车的终点站是新火车站。如果你对我居住的城市也有所了解，你就会明白，马路湾开明市场卫士文化宫和新火车站，距学院路都有相当远的一程距离。从我现在待的骨科医院到师范学院，不论坐哪趟车，我都需要再换一次。可现在的问题是，我想不好该到哪里换车。

　　我仰着脑袋再次去看那四个站牌，同时努力挖掘脑海中的记忆。可不行，我实在搞不清楚到哪里换车更合适些，为了保险起见，最后我决定坐8路无轨电车，去新火车站换。我的理由共有两条，一是一般火车站都四通八达，去往哪里都能有车；再一个，也是"新火车站"这几个字让我神往，能帮助我化解心中一个小小的情结。我们这座城市的新火车站，已经投入使用三年多了，可三年多里，我却一次也没出入过它。原因很简单，我常年夜班，没机会出差（即差旅费用无由报销）。对于一个曾经经常出差走南闯北的人来说，没机会出差是个惩罚，甚至无缘出入火车站就是惩罚。我以前总认为这样的惩罚无以摆脱，我是说靠自己的力量无以摆脱（出差需要领导安排）；现在望着8路无轨电车牌子上的终点站"新火车站"四个字，我忽然意识到，只要我到了新火车站，买一张票（当然不能考虑报销问题），通过检票口钻进车厢，施加在我身上的惩罚就能自行消解。我好像豁然化开了一个心中的淤结，不免兴奋起来，甚至让坐8路无轨电车的第二个理由压倒了第一个理由，掐着手指头计算起了到达新火车站的距离和时间。我现在是在骨科医院站，等一会儿，又一趟8路无轨电车开来以后，我爬上去，要不了几分钟，我就可以抵达骨科医院的下一站圣宴酒楼站，然后通过八家子站、珠林桥站、长客总站站、五一商店站、工会大厦站、新华分社站、友谊宾馆站，就可以到达新火车站站了……

晃晃荡荡的8路无轨电车行驶在宽阔平坦的滨河路上（后来又拐上了五一路和红旗路），应该说并不比移动在乡间土道上的老牛破车快上多少，但在我感觉中，也就算是风驰电掣了。它恋恋不舍地把圣宴酒楼，把八家子，把珠林桥，把长客总站，把五一商店，把工会大厦，把新华分社，一点一点地抛在了后边。车上乘客很多，大部分也很惨，没有座位，只能拉紧车顶的横杆随着车身的晃动摇来摆去。而在没有座位的人里边，又尤以我这样被人包围着站在车中央的人最惨，连把头探到车窗旁边呼吸一下新鲜空气都做不到。所以，刚才我说车过圣宴酒楼了，过八家子了，过珠林桥了，过长客总站了，过五一商店了，过工会大厦了，过新华分社了，那并不是我看到的，而是我听售票员报站时说的。当我从人堆中终于挣扎到窗口边呼吸新鲜空气时，车都开到友谊宾馆了。也就是说，我是从友谊宾馆站才开始能看到车窗外边的。在8路无轨电车驶上红旗路的西段之前，在它尚未抵达友谊宾馆旁边分隔红旗中路与红旗西路的红旗广场时，我满脑子想的都是再次提速（报纸上说的）

后的火车将快成什么样子，并推断，车上那些明火执仗地杀人越货的强盗一定少了，而茶炉房大水壶里的饮用水一定能够满足供应了。这样，当售票员喊有去往学院路的乘客请在友谊宾馆下车换乘 15 路汽车时，我竟无动于衷，只顾望着友谊宾馆的紫黑色枣木转门在我眼前优雅地闪过，望着友谊宾馆转门前那些西服革履拎箱背包出出进进的红男绿女在我眼前高傲地闪过，好像我已经成了另一座城市里某家宾馆的尊贵客人。直到车窗外边的友谊宾馆从我视域内消失了，略微倾斜着的 8 路无轨电车划着半圆绕过红旗广场了，我才意识到，我已经把换车去往学院路的机会给错过了，现在我唯一可去的地方，只能是新火车站了。我下意识地腾出手来朝左胸兜（那里有钱）摸去，计算着是利用兜里这一千多块钱去趟南边的北京还是北边的哈尔滨。

可具体的旅行规划出现在我脑海，我却没能继续兴奋，情绪反倒一落千丈了。

我望着红旗西路像回收的卷尺那样将我越拉越近地拽向新火车站，感觉到拉屎的欲望又缠住了我。不过我知道，这一回对我直肠里粪便构成刺激的，是一种摆在眼前的可能性。想想吧，一会到了新火车站，面对直通天际的铮亮钢轨，面对没有了强盗却有了足够饮用水的文明列车，我是完全有可能买票上车的，因为我兜里有笔可供我灵活支配的大钱（仍然是对我而言）。但我若真的买票上车了，天那，我要去哪呢？干什么去呢？我带身份证了吗？带介绍信了吗？出差难道可以不背包吗？旅行难道可以没有洗漱用具和换洗衣服吗？而最主要的是，再过几个小时，就晚上了，晚上我可以旷工不去上班吗？还有，明天我妻子要是发现我乘车远行了她会想到什么，我的小金库里要是补充不进去一千多块钱，我的父母恰好死在近期该怎么办……

我不敢继续往下想了，有着庙宇顶盖殿堂框架的新火车站，已经越来越真切地杵到我眼前，车上的其他乘客都开始争先恐后地向车下挤了。

就好像在骨科医院下车的人都去骨科医院一样，在新火车站下车的人也都直奔新火车站。我没下车，我疲惫地坐到一张别人腾出来的空椅子上（其实所有的椅子全都空了），用邦硬的椅垫顶住了肛门。这么一来，我肚子里的粪便才安静下来。看来是肚子不成全我，我对自己说，并不是我不敢旅行。可像我一样也没下车的售票员和司机不允许我留在车里，他们告诉我火车站到了，该下车了。我，我不坐火车，我对他们解释。他们笑了，你坐不坐火车我们不管，我们只是到站清人。下去！他们由微笑而严肃的转换速度相当麻利。对不起，我说，我坐过站了，我还得跟你们这趟车再坐回去。回去？回哪去？他们问。回家呀，我说，我得回家了。我没麻麻烦烦地说去老师家，他们毕竟不是我邻居。回家？他们对视一眼，冷冷地说，你以为我们这是出租车吗，还送你回家？我说，我家就在友谊宾馆，你们反正也要停那。你知道的，我家不在友谊宾馆，我只是想去友谊宾馆换乘15路公共汽车，我顺嘴说出友谊宾馆，也并没有我就下榻那里的意思。可司机和售票员听我说出"友谊宾馆"，脸上的表情都缓和了。长满脸青春疙瘩的女售票员说，你不像外地人呀，怎么在友谊宾馆包房？我说不——长了满脸刁蛮横肉的男司机说，操，真人不露相，你牛逼呀！我说我——

不用我再多做解释，司机和售票员已经没空理我，街旁8路无轨电车调度室里的人正在对这辆车发出离站指令。男性的司机把车发动起来，歪歪扭扭地停在前边不远处的始发站牌下，女性的售票员则亮开嗓子，招呼那些蜂拥挤向车门口的乘客：8路无轨啦8路无轨啦，由新火车站开往友谊宾馆新华分社工会大厦五一商店长客总站珠林桥八家子圣宴酒楼……我惊讶地侧脸去看女售票员，想不好她的一口气怎么会有如此之长。她看我看她，停止了叫喊。但我敢打赌，她停止叫喊绝不是因为气脉不够了要换口气，不，她只是为了对我说话才停止叫喊的。你也不用再买票了，她顽皮地说，省你一块钱吧。

掉过头来的 8 路无轨电车，这回是屁股对着新火车站由西向东开，成了红旗西路这条重又舒展开来的大卷尺上的一道刻度数码。现在我有了一个座位（虽然车刚开离始发站，但车上的站客仍然多于坐客），肚子里的粪便也不再闹腾了，我的心态便平和了许多，能够像在八一公园或吉祥市场那样安适从容地欣赏周围环境。此时我眼前，是些街景楼貌，只要我一看到它们，它们的名字就能跳到我唇边：站前广场、都市大厦、联营商店、明星影楼、大中国美食城、金三角购物中心……

8 路无轨电车在经过上述地方时，走的基本是一条直线。但车体渐渐与金三角购物中心处于平行状态时，我知道，它马上就得绕点弯子画半圆了，因为前边又到了红旗广场。红旗广场是友谊宾馆金三角购物中心等建筑群包围着的街心广场，它周围，计有六条街路通往四面八方，它对四面八方涌来的车辆能起到分流作用。但对直行的车辆来说（比如从红旗西路开往红旗中路的 8 路无轨电车），它那个硕大的圆形广场就无异于设置在道路上的障碍物了，它规定着所有直行车辆都需绕半个圈子才能顺利通行。刚才坐车由红旗中路往红旗西路走时，由于我在想心事，还没太留意这辆破旧的 8 路无轨电车为了绕行广场会多么艰难；现在我不分心旁骛了，便发现，要绕过这个圆形广场，狭长的绿色电车简直就是在表演一个危险的杂技节目。它必须抻懒腰那样尽量撑开车体，然后极其缓慢地斜着膀子前进，否则的话，偏移的重心没准会造成车辆倾覆。我心里不由紧张起来，因为那个满脸刁蛮横肉的司机开车的精力太不集中，车都开始沿广场南侧划半圆了，他还回头回脑地问售票员什么人出来没有。售票员说，出来了，进去时就说好了，多少关几天就得，意思意思……我没闲心听他们关于出来进去的讨论，眼睛警惕地盯着车外。幸好我一盯到车外广场的马路牙子边缘，心中的紧张感就被一举驱除了。我满意地看到，这司机其实是个技艺高超的优秀司机，虽然他看似漫不经心，经验却能帮他将车开得得心应手。他不仅能把车开到距广场马路牙子的最远点上，还能让车体与马路牙子始终保持相同的夹角角度。要知道，如果司机水平有限，是不敢在距离马路牙子的最远点上开车行走的，尽管那样可以更有效地保持车体平衡，避免乘客摔跟斗打把式，却很容易导致车轮轧圆不标准，使电车上端的两根大辫子挣脱空中的输电轨道，酿成短暂停运的小小事故。此时我放心地坐在硬邦邦的破皮椅上，虽处于半圆弧度的内侧一边，可通过简单的扭臀挺腰，仍能较好地控制住身体重心的逐渐丧失。我毫无负担地把目光再次投向车窗外边。

　　恰在此时，一件让我始料不及的事情在我眼前出现了。

这时候，从我这个角度看出去，眼前的半个广场正如同一把扇子在匀速打开，以一种次第展露扇面内容的方式与我的目光次第对应。当电车的外沿即将甩向正南端时，也就是相应地我的眼睛聚焦到了广场的圆心部位时，在那个圆心点上，有一张熟悉的面孔，骤然映入了我的眼帘：是娃娃脸的面孔？

不，我的说法不够准确。映入我眼帘的是娃娃脸的面孔不假，但娃娃脸是不可能站到红旗广场的圆心部位的，红旗广场的圆心部位，早就被一群挥锤扬镰握枪杆的工农兵给占领了。当然也不是那群挥锤扬镰握枪杆的工农兵的真人占领了红旗广场的圆心部位，是他们的群体雕像，是他们一群人的雕像被设置在了红旗广场的圆心部位。至于广场上的其他人（活人），根本是没有站到广场圆心部位的可能性的。不不，也不对。如果有人一定要站到广场的圆心部位去，从理论上说，也能做到，只要跳过圈围雕像的铁链子，爬上雕像的最顶端，也就行了。关键是没人敢那么干。我夸张地说娃娃脸出现在了红旗广场的圆心部位，只是为了说明她站得显眼。

其实红旗广场上游人挺多，用密密麻麻来形容绝不过分。可几乎所有游人都待在茶色大理石台阶至马路牙子的放射状广场范围内，只有这娃娃脸，她却站到广场中心的茶色大理石台阶上，圈围雕像的铁链子里了。我这么说你可能还是无法想象娃娃脸有多么显眼，那我就多解释几句吧。在这个红旗广场的圆心部位，是高高在上的一群工农兵，在那群工农兵的膝盖以下，是低于高高在上的娃娃脸，在娃娃脸的腰臀下方，才是其他人（和娃娃脸一样的活人）。这回你能想到为什么我在电车上也会看到娃娃脸了吧。而且娃娃脸是直直地冲8路无轨电车开始画圆的这个方向（西方）站着，甚至她还一本正经地把右手高高向前举起。我估计，她要么是在接受什么人的拍照，要么是在与什么人打招呼。不过在她面前并没有举相机的人，那她只能是与人打招呼了。一想到娃娃脸在与人（肯定是男人）打招呼，我竟没来由地有了点醋意。接受她招呼的会是谁呢？自然不会是我，我在车上，她看不到我。我甚至认为，即使我站到她面前去，她是不是还认得我也很难说。

我想放弃对娃娃脸的关注，我对我心中的醋意感到羞愧。但我的视线从娃娃脸身上移开以后，却又情不自禁地扭着脑袋往后（西）看去，去看有什么人响应了娃娃脸的招手致意。可看不出来。娃娃脸所朝的方向，与那群工农兵所朝的方向，是同一个方向，即车水马龙的红旗西路方向和新火车站方向。由于红旗广场距新火车站只有一箭之地，所以，现在出现在娃娃脸眼前的最显赫的建筑，只能是殿堂庙宇般的新火车站。难道娃娃脸是冲新火车站打招呼吗？也不可能。

这时8路无轨电车已绕着红旗广场画完了半圆，我视野里的娃娃脸也随之消失了，不论我再怎么使劲回头，能看到的广场圆心部位，剩下的也只是那群工农兵的后脚后腿后屁股后腰了。我有些遗憾地叹了口气。可好像由于我叹气过重，触着了刹车，我气一叹完，电车竟戛然停了下来。友谊宾馆到啦有去往学院路的请换乘……我听到了女售票员一气呵成的特殊声音。没人下车。友谊宾馆与新火车站间距离很短，一般人是不会为只坐这一小站就上下挤车的。如果腿脚利索，走上这一小站，并不比挤一回车更费气力。也没人上车。与没人下车的理由相同，一般人若坐这趟车，宁可往新火车站方向走一截路，也懒得在这等。在人们的感觉中，从始发站上车，抢占座位总会更容易些。可既没人下车也没人上车的车却不走，就那么敞着车门停在路边。有性急的乘客喊，嗨，关门呀，快走呀！坐在我另一侧的女售票员则慢悠悠地说，急什么，有人下车。接着女售票员从人缝里看我，哎，你哦——先生到站了。我一下想到了我要去哪，忙啊一声，起身朝车门口挤了过去。我这一挤，车上的许多人都有了反应，大体上是分成两派做出两种反应：离我远的不希望我下车（当然这不能证明他们就是更喜欢与我在同一个空间里多待一会，他们是不愿意让我耽误开车时间），说，刚坐一站就下车，弄错了吧；而我身旁的乘客都支持我下车，他们拱

臀抬肘地争夺我刚刚坐过的破皮椅子，说，下吧下吧快下吧，
车下松快。

　　绿色的 8 路无轨电车开走以后，一扭脸，我就看到了 15 路
汽车的站牌子，同时还看到一辆红色的 15 路汽车正朝着站牌慢
慢驶来。不用计算时间和距离，只要抬腿往 15 路汽车停靠站走，
我就能搭上这辆及时出现的汽车，这没问题。可我的双脚没有
移动。不仅我双脚没有移动，我眼睛也有意避开了 15 路的站牌
与车，而是看向了红旗广场那个方向。我有些忐忑，我知道，
我在心里是渴望着实现与娃娃脸的邂逅重逢的。

　　这么长时间了，从那天逃离面前躺着的死尸和身后追上来
的娃娃脸起，我就没再去过八一公园，没再与和八一公园有关
的任何人发生过接触。可我现在却要去主动与娃娃脸接触了（娃
娃脸并未过来找我），为什么呢？也许我可以说，我是想打听
一下春天那会儿死在八一公园那个文质彬彬的中年男子是怎么
回事；如果娃娃脸说不清楚他死因为何出处哪里呢？那我还可
以对娃娃脸解释一下当初我的不辞而别，道一声抱歉。可是，
这样的埋由站得住脚吗？

　　我站在 8 路无轨电车友谊宾馆站的站牌底下，左右为难地
拧着脖子往马路对面的红旗广场看，实在想不好该不该走向那
里。嗨，大哥，几点了？我正犹豫着，猛听到耳边传来一声恶

狠狠的询问，让我哆嗦一下。我意识到那声恶狠狠的询问是冲我来的，不敢不应，忙抬腕看表。两点二十一，我说，说完我才抬头看问话的男人。可我并没看到问话男人的正脸。操，都过二十一分了。他这么叫了一声，就一头冲进环广场路上首尾相接的车流阵里，往红旗广场跑。显然他是去广场赴约，而且约会的时间是两点钟。望着这个迟到了的赴约男人宽阔的背影，我又想到了娃娃脸。这娃娃脸，她与人约会的时间是几点呢，两点十五吗（刚才她招手的时间）？不，可能也是两点，只是那个与她约会的人晚来了十五分钟，所以刚才她看到与她相约的人出现时，才会模仿着大人物的姿势高高挥手。要知道，人们一般定约会时间都定整点儿：两点，两点三十，三点，三点三十……可是，娃娃脸真的迎到了她的约会对象吗？我并没看到有人与她呼应。广场上人那么多，她冲西望去的眼睛恰好又会受到午后太阳的强烈刺激，她能不能打错招呼看错人呢？没准与她约会的人，就是跟我打听时间的这个男人，后背宽阔，说话粗鲁，这是一种典型的不守时的男人形象，每遇约会，他们都要迟到十五分钟或二十一分。而面对这种男人，女人往往是不敢指责的，怕他们破口大骂或拳脚相加。我为娃娃脸那样一个可爱的女人要与一个素养低下的男人约会感到愤愤不平。我提心吊胆地也冲进了环广场路上首尾相接的车流阵里，我想，一会儿到了广场，我可以不与娃娃脸打招呼叙旧，但我要躲在暗处看看，看看与她约会的究竟是什么人。

可遗憾得很，我没有问话男人那样的本领。在我眼里，圆形的环广场车道和它包裹着的广场就像一张巨大磨盘，而那些尖声怪叫着的车辆就是磨道上不知疲倦的驴，如果我置身其间，无疑会成为磨槽里辗压出来的粉末碎渣。所以，我只能象征性地往马路中间的车流阵里冲了一下，就被车流阵横着给堵了回来。

看来我只能走地下通道了。

行人去广场，本来就应该规规矩矩地走地下通道。前边我说过，从红旗广场辐射开去的道路计有六条，如果说那六分之一条路上的车流还不特别多的话，那么当这六股车流全部纳入环绕广场的圆形道路时，可就足以构成首尾相接永无阻断的车流阵了。这环广场路上车多车密由来已久，不光白天如此，夜里也这样，报纸上曾说，夜里环绕红旗广场的耀眼车灯，已成了我们这座城市里最为亮丽的一道风景。就好像环广场路上车多车密由来已久一样，我们这座城市的许多居民喜欢在红旗广场休闲娱乐的传统同样由来已久，且春夏秋冬四季如此。报纸上又说，常年在红旗广场开展全民健身运动的男女老少，也始终是我们这座城市里最有活力的一道风景。这样，为了避免行人横穿马路去广场造成危险，几年以前，市政部门挖掘了一条横贯广场的地下通道。这条地下通道一共有三个出入口，一个开在广场外东南角的友谊宾馆这里，另一个开在广场外西北角的金三角购物中心那里，在这两点相对的那个中心部位，开有第三个出入口，即红旗广场出入口。现在你该明白了吧，我站在友谊宾馆附近，这等于我身边就有一个地下通道的出入口，应该说，我遵章守纪地由地下通道去往广场，是非常简单的。

　　的确不复杂。但若论简单，我得实事求是地讲，走地下通道还是要比横穿马路（前提是没有车祸危险）麻烦一些。不是上下几步台阶的麻烦，对我来说，那算不了什么。事实是，虽然8路无轨电车的友谊宾馆站和地下通道的友谊宾馆出入口都被算在了友谊宾馆的大范围内，但它们之间还是有段距离的。就拿刚才跟我打听时间的那个男人做例子吧，如果他是在地下通道出入口旁边知道他约会的时间已过了二十一分，那他肯定不会去闯环广场路上的车流阵的，因为从车流阵中杀到广场，再顺利也不会比下几级台阶行走地下再上几级台阶进入广场来得快当。他冒险去闯车流阵，实在是他浪费不起由8路电车站前往地下通道出入口的那一段时间了。而我和他是不一样的。我去广场，不是赴约，没时间限制，我没必要去路面上找司机的骂警察的罚和汽车的撞，我尽可以走正常路线进入广场。况且，我若迟一点到达广场，没准还会与娃娃脸失之交臂呢，那样倒好，我就可以免却因监视她了解她给我带来的心理压力了。

我从8路电车站这里往地下通道出入口走，等于是从友谊宾馆一侧的一串个体门市房前往友谊宾馆的正门口走。我没注意我身旁那串个体门市都经营什么，但它们一概的破旧丑陋则与前边友谊宾馆的豪华威风对比鲜明。我估计，这种现象不会持续多久了，有关部门很快就会对之采取更新措施，使红旗路两侧全部变得豪华威风。现在我行走的人行道上混乱不堪，摆满了自行车、垃圾筒、碎砖烂瓦和木材煤球。我身边也有几棵细高的杨树，还都年轻，可看上去，它们就像奄奄一息的重症病人，显然这不仅仅是季节的关系。我穿行在充满障碍物的人行道上小心翼翼，在身后留下一条看不见的蛇行曲线。幸好这一截道路非常短暂，很快我就踏上了友谊宾馆临时停车场的延伸地域（友谊宾馆原来停车场的位置在盖大楼，我不知道以后它的停车场将安身何处）。在我们这座城市，几十年来，友谊宾馆始终是个著名机构，因而，不光它的领地从来无人侵犯，即使现在它的临时停车场已经侵犯了公共地盘，也无人抱怨或予以干涉。但不管怎样，行走在皇冠、蓝鸟，凯迪拉克和奔驰、宝马这些名贵轿车之间，怎么着也比穿梭在自行车、垃圾筒、碎砖烂瓦和木材煤球之间让人惬意。

现在我接近友谊宾馆的大门口了，我的步子迈得更慢。我不能像刚才通过那串个体门市房时那样对友谊宾馆也无动于衷，这样的机构，它的存在就是不容小觑的同义词。这个几十年来接待过无数高官显贵的友谊宾馆，虽然已被许多近年崛起的多少多少星级的宾馆比得矮小简约了，但它始终能以一种迥异于其他宾馆的不凡气度惹人向往。据我单位经常与高官显贵打交道的同事说，就连进出友谊宾馆已如进出自己家门的本市那些高官显贵，也始终以能在这里间或享受一番引以为荣（这回你明白了吧，8路无轨电车上的司机售票员误认为我住友谊宾馆后，何以会有那样的态度）。不过现在从近处看它，我不免为它表现出来的美学趣味感到失望。本来它是以拙朴厚重的俄式古堡建筑特点闻名遐迩的，可现在它周身的装扮点缀却偏向了中国乡村风格的花哨轻佻，不能不使它形成了安稳持重与欢天喜地相互排斥的滑稽特色。据说，某些关心城市和谐美观的专家学者以及普通百姓很不喜欢对这样一处著名建筑采取这样一种不伦不类的包装形式，有一年开两会，建筑研究院的一位代表还提了议案。但友谊宾馆不是建筑研究院的，更不是专家学者普通百姓的，他们的反感毫无意义，他们只不过是一些既不能在友谊宾馆下榻又不能对友谊宾馆发号施令的普通看客。我现在作为友谊宾馆门外的看客，当然也没权利去对它发表意见，我只能去琢磨那些与这个建筑有着某种关系的人。

此时在我眼里，与友谊宾馆这个建筑有着某种关系的人，是一些令人眼花缭乱的妙龄女郎；虽然对她们我也不能发表意见，但打量她们毕竟要比打量友谊宾馆这幢非驴非马的建筑更赏心悦目。那些守候徘徊在宾馆门廊旁台阶下的妙龄女郎，看上去虽有些寂寥落寞，但都够格归属到不同特色的美丽类型里。她们大多也都浓妆艳抹，顾盼生辉，举手投足间全能展示出职业特点。但她们高雅的神情和雍容的气度，又使她们大大区别于活跃在咖啡馆夜总会卡拉 OK 歌舞厅和金座银座电影院门前的另一批姑娘，面对她们，很容易激发某些男人英雄救美人的骑士梦想（假设她们正身陷苦海）。我不是那种骑士型男人，我多理智少浪漫，可即使这样，看着这些楚楚动人的美丽姑娘，我年轻时代也曾有过的男人勇气还是蠢蠢欲动了。我知道，这些被人们统称为外语小姐的妙龄女郎，差不多都有大学以上学历，有的还有休面的工作甚至舒适的家庭。她们的特点是，接纳中国人时价位高定，事先还必须了解对方的身份，以确保消费她们的男人是真格的老板（勇于一掷千金）或真格的官员（在某些方面能帮助她们）；但接纳外国人时她们倒不介意身价高低，在挣美金日元马克里拉的同时，她们更希望能挣到出国的机会和域外的姻缘。已经连续多年了，在友谊宾馆门前，有的外语小姐如愿以偿了，有的外语小姐则鸡飞蛋打。可只要有外国人和属于显贵的中国人一批批地住进来，就有心怀梦想的外语小姐们一批批地在这里守候徘徊。

这时我终于来到地下通道的出入口了，地下通道中小商小贩发出来的叫卖之声带着回音钻进我耳里，像经过了扩音一样。我停在地下通道的出入口，隔着眼前那条圆形马路朝广场望去。广场上仍然男喊女叫，但由于广场空地的地势并不高于我站的这个地方，因此广场上喊叫的男女只能从绕行广场的车流阵缝隙中向我现身，且现出的身体还支离破碎。能完整地映入我眼帘的，只有广场圆心部位的雕像。事实上，在广场那个地势较高的位置上，应该有一个活人也可以与我遥相呼应，那就是娃娃脸。遗憾的是娃娃脸没站在工农兵雕像的屁股后头，而是站在他们大腿前边（如果她一直没动地方的话）。这回想到娃娃脸我没有了先前那些复杂的心理活动，只是感到一丝温暖。我想，娃娃脸真是个不错的女人，虽然她没有我身后友谊宾馆门前那些外语小姐的仪容和气质，但她却有着可贵的平等意识和良好的职业道德，我敢说，她接纳客人时肯定不分国内国外，也不会挑剔她的买主是高官显贵还是贩夫走卒。我决定立刻飞到娃娃脸身边，我是说我要与她畅叙别情。

当然了，在我抬脚进入地下通道出入口时，我还是忍不住朝身后又瞄一眼。如果此时娃娃脸在我身旁，她会为我在"飞"向她时还心猿意马表示不满，可没办法，那些与我有着同样特长（会外语）的姑娘太迷人了。不过友谊宾馆门前那些旁若无人的外语小姐对我毫无感觉，对发生在她们周围的一切也都能（经过取舍后）保持一种视而不见的冷漠态度，甚至当她们中的一两个姑娘与一两个凑向她们的外国人开始优雅地交谈时，其余的姑娘也决不蜂拥而上。

来到距娃娃脸应该驻足的那个地方还有相当一段距离时，我就注意到，娃娃脸已经不翼而飞了。

我"飞"到她身边来了，可她"飞"到谁身边去了呢？

对娃娃脸的失踪，我说不好是遗憾还是解脱，反正犹豫一下后，我仍然慢慢地朝她曾站过的地方走了过去。在雕像前边，在铁链子圈着的大理石台阶上，也就是在原来属于过娃娃脸的地方，此时坐着一个穿身簇新衣裤的老太太。她一边抖着双臂哄怀里一个哭哭啼啼的孩子，一边大声叫着：奶奶抱孩儿照相喽，奶奶抱孩儿照相喽。在他们前方很远的地方，一对年轻男女（老太太的儿子儿媳与孩子的父母？）正蹲在地上摆弄相机，一边摆弄一边撅着屁股向更远处退去。为了不影响他们照相，我没从他们中间（以老太太孩子为一端以年轻男女为另一端的这个中间）穿行，而是站下来，看看老太太孩子又看看摆弄相机的男女。他们肯定来自像我老家那么落后的农村，看得出来，不管照相的还是被照的，他们对摄影这码事都很外行。我想上前提醒一句，即使照相的人退到车流滚滚的马路上去，以被照的人现在所处的位置来说，取景框中也不可能同时把老太太孩子和雕像都包容进去。也就是说，如果取景框中有了完整的老太太和孩子，那么处在老太太和孩子脑袋上边的背景景物，顶多是那些抡锤扬镰握枪杆的工农兵们杂乱无章的大腿，连工农兵的胸脯都不会有。当然我什么也没说，只是静静地等待那对照相的年轻男女咔嗒一声按下了快门，然后欢呼般地站起身喊儿子好啦。他们的欢呼送给了那个哭哭啼啼什么都不懂的孩子，而没送给那个可能是他们妈妈的哄孩子的老太太。

本来我是计划也在雕像前边站一会儿的（娃娃脸曾经站过的地方），甚至也朝前方（新火车站的方向）招招手，可现在我决定横向穿过雕像。

我脚下这个巨大的圆形广场，整体上以茶色基调为主，显得坚实稳重。除了广场中央庞大的雕塑群外，四周空地平坦得就像体育馆里的滑冰场，只是到了广场边缘的马路牙子那里，才又等比例地镶嵌着一条条圆头圆尾的弧形花圃。也就是说，从广场圆心向外看，所产生的是辐射效果：先是塑像，然后是空地，再然后是装点在广场边缘的一圈花圃，最后是花圃外侧马路牙子下边的环广场马路。而从广场外侧向里看，所产生的则是收缩效果：马路，花圃，空地，都朝向雕像。现在我行走在广场上，像其他那些或走或站或跑或坐的男女老少一样，处在广场的向心与离心两股力量控制之下。这感觉不是很好，我想不明白，我们这座城市的居民为什么都爱来这里娱乐休闲（报纸上管这叫全民健身）。

习习凉风掠过广场，我背风站住，缩脖子点烟，恰在这时，一阵啸叫声传了过来：操你妈的，我看这回你还往哪儿躲！这啸叫之声响在我耳畔，似乎叫骂的也就是我。我急忙回头，见一个女人扑了过来。我刚想躲闪，却发现，女人扑抓的并不是我，而是我身边一个也欲躲闪的猥琐男人。男人在被抓住之前还试图逃掉，但看看逃不掉了，他便也以强对强。你少碰我，他边挣扎边喊，你不要脸啦。女人似乎力量很大，无论如何不松开男人。别好像你还有张脸似的，少废话，给我钱！女人能从气势上压倒男人。广场上那些离我们较近的闲散游人已经闻风而来，就好像战士听到了集合号令，使我和那对吵架的男女一同成了发布集合号令的指挥员。人们刚一围上来时，吵架的男女都有些尴尬，可很快男人就先扬眉吐气了，他对周围那些兴致勃勃围观的男女说，大伙评评理，我又不认识她，她上来就管我要钱，算怎么回事呢。可男人实在是低估了女人，女人居然能立刻就撕破脸皮，变得比他还恬不知耻。操，你他妈还跟我扯这个。女人扭头看大伙一眼，说，那大伙就评评理吧，这种损男人，睡完觉不给钱，还叫不叫老爷们！男人一下子乱了阵脚，你——你——我什么，女人说，你以为这广场上的女人就比那边（她往友谊宾馆的方向晃了下头）的女人好唬咋的……欠债男人仍然无法逃出讨债女人的手掌心，倒是我终于逃出了围观的人群。

    偌大的广场上，人们干什么的都有，除了一些好事者围着吵架的男女看热闹，更多的则无所事事地走来走去，什么都不看，或三三两两地说话聊天，对着雕像、天空、车流阵以及别的什么指指点点。也有照相的（外地人），也有放风筝的（本市市民），也有坐在花圃旁读报看书的（老人），也有溜旱冰玩小轮自行车的（中学生）。游离于这一大片人之外的，是聚在广场东北角的又一大片人。这一大片人多是大学生模样的年轻人，他们以一些人数不等的小圈子聚成密密匝匝的一大片，似乎在分别商量着什么……看到他们，我的心里怦然一动，我意识到，我这是来到红旗广场的外语角了。
    红旗广场上这个自发形成的外语角，是一个让我久违的地方，它诞生于我刚刚来到这座城市的那个时候。每年的春夏秋三个季节，每周的二五日三个下午（夏季是晚上），喜爱外语的年轻人们，就会从不同的大学聚拢而来，把红旗广场的东北角变成他们的临时天堂，而那会，我也曾是这临时天堂中一个活跃的天使。外语爱好者们依语种和自己的水平自然分成若干小组，拢成一个个自成一体又相互交叉的小圈子高谈阔论。一般情况下，每个圈子都有两三个口语能力接近的人主谈，其他人只出耳朵，或偶尔插言。圈子的大小，与主讲者外语水平的高低成正比。如果哪个圈子里能圈进一个在此逗留的外国人，那么这个圈子肯定最大。据说最早几批到友谊宾馆门前徘徊守候的外语女郎，都曾经是外语角的女性骨干；只是到了后来，那些以赢利和赢取机会（出国机会）为目的的外语女郎才绝情断意地抛下外语角的贫贱书生，直奔主题地去友谊宾馆门前寻觅白马王子了。

刚才我说过，发现我已来到这个让我久违的外语角时，我的心里怦然一动。你知道的，我是一个会使用英德两门外语的人，你还应该知道，一个能使用两门外语的人，至少其中一门会相当熟练。正是这样。不谦虚地说，如果现在我钻进面前外语角的某一个小圈子，不管这个圈子属于英语还是德语，要不了多久，它就会成为外语角上一个最受瞩目的大圈子，当年的我就有这种本领。但是现在——想到当年不是现在，我的心中不寒而栗。怎么说呢，抛开别的都不提吧，至少当年我每周三次来外语角，是有一些无主的名花作我动力的，可现在，我儿子都快有混迹外语角的水平和年纪了，我再跑到这里来重温旧梦，恐怕连哗众取宠的效果都不会有。而最主要的是，当年的我听风就是雨，真以为社会需要我的知识和能力呢，这才觍得出表演聪明才智的脸，可现在的我，连独自一人时，都习惯了只表演愚蠢。今昔对比让我悲从中来，我只能像做了什么见不得人的事那样低下头去，依依不舍地避开广场东北角，向广场的东南角斜向插去。广场东南角与广场南端的地下通道出入口距离很近，再走到那里，我等于是围着雕像在广场上绕行一周了，绕完这一周，我也就该离开广场了。我下意识地按了按兜里的一千零七十三元钱（乘8路无轨电车花去一元）。

可世上的许多事情就那么巧，巧得几乎都不真实了。这个下午，当我观光旅游一样在硕大的红旗广场上绕着那个不规则的大圈子时，我已经忘记了我为什么会来到这里，也就是说，我已经忘记了娃娃脸是将我这条鱼钓上广场的一团诱饵这一初始原因。可当我准备离开广场，已走到了广场地下通道出入口时，却不期然地，与由台阶下边正往上上的娃娃脸走了个顶头碰。

你——

是你——

我们两人的惊讶都有些过分。

娃娃脸的过分惊讶有些道理，从八一公园的首遇到红旗广场的重逢，经过的这一段时间确实挺漫长；我的惊讶虽然也不虚假，但比较而言却未免夸张，毕竟就在一个多小时前，我已见过娃娃脸了。所以是我首先从惊讶之中恢复了过来。

你怎么——来这？我没问这一个多小时的时间她去了哪里，更没问她是不是等到了要等的人。我不能卖了自己。我是来，我是来……显然娃娃脸不能告诉我实话，而一时又编不出合适的理由。你这是——去哪？她掉过来问我。我，出差了。不知为什么，我的理由却张嘴即来。刚下火车，来转一圈，正打算回家呢……噢，娃娃脸似乎恍然大悟，好像我两手空空地出门远行是正常事情。怪不得这么长时间没在八一公园看见你呢，是不你现在常来这广场？我急忙点头，我觉得这样解释我没去八一公园的原因站得住脚。你，挺好吧，这一阵子。这时我和娃娃脸是站在地下通道两段台阶之间的缓步台上。这里背风，适合谈话。啊，挺好，娃娃脸有点心神不宁，你也，好吧。她好像是希望我注意到她的心神不宁。可我误解了她心神不宁的意思，我以为她是由于把我的问题联想到了她做的事情上去才心神不宁的。这时我特别希望我们的关系能像在八一公园的首遇那样和谐起来。我们两个可是差一点就亲密无间了的一对男女，没有必要吞吞吐吐。那天——我想让娃娃脸卸去心理负担，可娃娃脸不等我解释，却抢先说，那天太对不起了，也没跟你打声招呼。娃娃脸双手比画着说，一看到那家伙尸体，我都吓死了。忙四处看你也没找着，就赶紧跑了。是不让你觉得挨涮了……原来我并没伤害她，是她的不辞而别伤害了我了。我点点头，不动声色地宽容一笑。没什么，我能理解。然后我又说，后来我就没再去公园，死那家伙，是咋回事？熊蛋包男人，娃娃脸轻蔑地撇了下嘴，又急忙说，我不是说你，说那家伙。我说我知道说那家伙。娃娃脸说，听说那家伙是个诗人，养不起老婆，老婆就跑洗头房当鸡去了（娃娃脸说到"鸡"这个字眼时面不改色声不发颤）。他天天写诗劝他老婆别那么干了，好好在家待着，可他老婆根本不听。这么着他就想了个缺德招要死在洗头房，说明他爱他老婆，用死来让他老婆回心转意。结果药吃早了，还没进洗头房呢，人先完蛋了。我啊了一声，再说不出话来。

后来娃娃脸告诉我她离婚了，说她不能养一个窝囊废男人；她又说她孩子的眼睛有一只还没彻底保住，她还得填无底洞一样往那只随时可能失明的眼睛里搭钱。在我和娃娃脸说话的过程中，她几次表现得心不在焉，欲走又留。我却照旧一次次地曲解了她的意思，以为她的想法和我一样，只是难于启齿。我想我是男人，应当主动，于是在我点着又一支烟时，我低着头说，你还想不想，和我……娃娃脸半天没有吱声，见我抬头又问了一句，才说，改日行不行？我一下子感到欲火中烧，有些不耐烦地说，干吗要改日，我出差这么长时间没碰过女人了，就想今天，就想现在。娃娃脸瞪了我一眼又找理由，我现在的价钱……我说你多大的价钱我都要了，我今天有钱。见娃娃脸还要犹豫着再找托词，我伸手拉住了她的胳膊，好像我对她已拥有权力。你不离婚了吗，走吧，到你家去。

那个地方肯定不是娃娃脸的家，那个建在金三角购物中心后身居民楼前公共厕所斜对面的小屋子，应该是一处私房，即某户居民自己盖的既装杂物又可住人的棚户房。棚户房的一面墙上开一扇小窗，但屋里还是阴森森的，不过挺整洁，除了一张木板床，再没什么东西。娃娃脸打开灯后，我看到地上放着个脸盆，脸盆边上有只水桶。我信步走到窗户边上，把新鲜得与整间屋子极不和谐的红大绒窗帘给拉上了。娃娃脸突兀地叫了一声，别挡窗帘！甚至还冲上来想把窗帘重新拉开。我拦住她，并把灯也关了。干这种事，还是暗一点好。我嬉皮笑脸地说，努力模仿着我想象中嫖客的样子。可下一步该干什么，我就不知道了。

我这样说当然不够准确。作为一个有过多年婚史的健康男人，在这种情况下不知道自己该干什么，是说不过去的。我的意思是，我不知道，嫖客与妓女之间，到了这样一个关头，需不需要一些约定俗成的程式行规。比如，要不要谈好价钱，是先上床还是先付款，有没有时间限制，用不用由拥抱接吻作为铺垫……就我和娃娃脸的关系来说（建立在八一公园的关系），我采取知之为知之不知为不知是知也的态度完全可以，我猜她不会笑话我的不谙此道。可此时我感到她的情绪极不正常，好像我们并不是一对做买卖的嫖客妓女，而是一对正在怄气的丈夫妻子。我只能假装从容地伸手掏烟。

别抽了。娃娃脸这时开口了，可她话一出口，就更像闹情绪时的我妻子了（我妻子就反对我抽烟）。快点，快脱吧。娃娃脸嘴里催促着我，三下两下就把自己的裤子先脱掉了，站在床边。娃娃脸的上衣连扣子都没解，却把外裤毛裤衬裤和三角短裤都脱了个精光。一个下身赤裸上身臃肿的小个子女人直挺挺地站在我面前，那样子简直要多滑稽有多滑稽。可我不敢笑，我只能去脱自己的裤子。娃娃脸给我做出了样子，虽然我不喜欢，我也只好认作这就是程式行规了，我不能破例。于是接下来，我就也变成了娃娃脸的样子，下身赤裸，上身臃肿，像报纸科学版上设想出来的火星人一样，只是要比火星人大上几号。

娃娃脸并没给我太多时间去漫游火星，她甚至在我还没把裤衩从脚踝处拿开时，就捏着一枚避孕套向我凑了过来。

你怎么了？刚才还行呢。娃娃脸抬头看我，面露焦灼。

我是太紧张了，我说，要不咱们先躺一会儿好吗，先说说话，让我搂你一会儿，亲你一会儿……这时娃娃脸说出的话来却让我费解：不赶趟了。她说完"不赶趟了"，就快速仰面躺在床边。然而这时发生的事情，让我明白了娃娃脸说的"不赶趟了"是什么意思。

一阵剧烈的敲门声使我不战而败，重新软缩。不等我和娃娃脸做出任何反应，敲门声中又有叫喊声传了出来：公安局的，开门开门！可看见你们进屋了，不然开砸啦！门外的人果然说到做到，伴随着又一轮的叫喊声，敲门声也变成了砸门声。娃娃脸对此似乎早有准备，她以消防队员听到火警的速度穿上了裤子，一边说别砸别砸，门不结实，一边就跳下地来打开了房门。在随即冲进屋来的几个着装警察面前，我瑟瑟发抖地站在墙角，下身赤条条地还一丝未挂。

我和娃娃脸不是夫妻一问便知（我们彼此叫不上来对方的名字说不出来对方的工作单位），结论是，我和娃娃脸在搞嫖娼卖淫活动。嫖娼卖淫活动自然是一项触犯刑律的活动，从事这项活动的人自然要受到严厉制裁，所以，我和娃娃脸得和警察们走一趟理所当然。

看得出，带走我和娃娃脸的警察，不是穿了警服讹诈钱财的冒牌警察，而是真警察。虽然他们始终没有出示证件，但他们把我们领进了金三角购物中心另一侧红旗路治安派出所。一般来讲，派出所不会是假的。当然我从报纸上也看过，营口那边一个县里，就出现过几个横行乡里的流氓成立了一个假治安派出所的事，不仅搜刮民财霸占民女，还动员当地青年向他们交纳高额从警费成为合同警察，并在只有两个团员而没有党员的派出所里，挂上了先进党支部的金匾。不过这种事情不大容易出现在我们这座大城市里。

一个领导模样的警察让他的一个部下把娃娃脸带别的屋审去。娃娃脸和那个警察走到门口时，警察领导对着娃娃脸的屁股说，你这种货，交多少罚款我也饶不了你。我把目光从娃娃脸形状优美的屁股上收回，心想是我害了自己也拐上了她。如果在红旗广场的地下通道出入口时，我接受娃娃脸"改日"的建议，我俩就不会这么倒霉。这时，警察领导已转回头看我，依次问我姓名年龄家庭住址工作单位和联系电话。我把工作单位报出来后，他愣一下，让我把工作证拿给他看。我真不想把我的家庭住址工作单位和联系电话都告诉他们，可我不敢，我只能哭咧咧地如实回答，并把工作证掏出来递了上去。警察领导和他的几个下属围在一起仔细研究我的工作证，慎重的样子就像对待一枚待爆的炸弹。他们看看工作证又看看我，看看我又重新去看工作证。我不敢迎接他们的目光，我担心与他们对视会被视为态度不好，稍作选择后，我把眼睛移到了与他们错开一点的窗口那里。不大的窗口窗台很宽，上面摆了不少东西，墨水瓶烟灰缸几张报纸还有一个望远镜。我把视线抬高一点，还能看到，窗外的一侧是金三角购物中心大楼的背面，另一侧，是居民楼大楼的前面。我再往远看，又可以发现，直对着我面前这扇窗子的远端那头，就是公共厕所，而公共厕所的斜对面，就是差点成了娃娃脸和我的新屋洞房的那间棚户房。开在棚户房墙上的那扇小窗与我遥遥相对，如果此时我拿起窗台上的望远镜望向那里，我必将看到，那扇小窗子上，有一块新鲜的红大绒窗帘还在严严实实地遮挡着窗户。这样的发现让我似有所悟，我支着耳朵想听听别的屋里是否有娃娃脸的声音，可别的屋子一片寂静。

你——说说吧。警察领导驱散了围观我工作证的他的下属，不动声色地注视着我。我——我说我说，我一定如实坦白……可话一出口，我就觉得不大对劲。人家警察把我抓来，不用我坦白，也知道我犯的是什么法；再说嫖妓这种事情，认账就行，也无须坦白，我强调坦白，倒好像在文过饰非。果然，警察领

导严肃起来。用不着你复述细节，他说，你不要以为我们负责
扫黄打非的人就是喜欢低级趣味的人，对你那些肮脏的行径，
我们不感兴趣，我们只是对你这样一个身负要职的领导干部如
此腐化堕落道德败坏感到伤心痛心寒心……

　　警察领导说这几句话时，感情真挚语重心长，跟他刚才骂
娃娃脸时判若两人。可他说我是"身负要职的领导干部"，这
让我不能不心惊肉跳，我不知道这是不是他要把事态扩大的一
个信号。我不是……我想解释，可他根本不听我解释。要是把
你关起来呢，肯定会给你担负的工作带来损失，也就等于是给
党的事业造成了损失；可是不关你呢……领导领导，我冒着被
视作不尊重警察领导的风险打断了警察领导的话，别把我抓起
来行不行，别告诉我单位行不行，也别告诉我家里……我能感
觉到，求情要比坦白更显得诚恳。我求求你们了，求求你们了！
我说话时，警察领导不易察觉地笑了一下，待耐心地听我检讨
完毕，他才说，作为我个人，当然不想太难为你，可我必须照
章办事，也就是说，如果不关你，也得重罚你……谢谢谢谢谢
谢谢谢……一听说可以不关我，我都要给警察领导跪下了。你
现在身上有没有钱？由于对我的审讯特别顺利，警察领导很快
就把谈话具体化了。钱？我愣一下，我这才想起来他说了"重
罚你"那句话。一想到我兜里的钱马上就要不属于我了，我的

心里隐隐作痛，但立刻我又端正了态度，让自己认识到受贿的钱不能算作我自己的钱的道理。有，我大声说，我有一千多呢，都给你行不行？我把兜里的一千零七十三块钱如数掏出，同时我暗自庆幸中午我吃下去了一百二十六元钱。可我的慷慨换来的只是警察领导轻蔑的一笑，你就想拿这点钱蒙混过关吗？面对桌上的一沓纸币，警察领导好像面对着垃圾。我傻了，你是说……我说，少吗……警察领导说，我希望你别打马虎眼，别拿官场上装疯卖傻那一套来对付我。这时警察领导大约不耐烦了，他的神情口吻又换成了刚才对着娃娃脸屁股说话时的神情口吻。我害怕警察领导改了主意，不再罚我而是关我，可我宁可倾家荡产也不愿意被他关起来呀。领导领导领导，我的眼泪终于淌了下来，你别怪我，我头一次挨罚，不懂啥价，你告诉我需要多少钱我马上凑去，只要你别告诉我单位别告诉我妻子别把我抓起来……

人概是我的眼泪感动了警察领导，他的态度有所缓和，他说，本来罚款的最低限额是五千元钱，有的地方会要价一万呢。可鉴于我系初犯，态度较好，尤其又是一个身负要职的领导干部，就破例只收我三千元钱。三折优惠呀，警察领导说，我他妈也够意思了。说着从我掏出的钱里点出一千，把余下的七十三元推还给我。我一边点头说够意思了，一边宣誓似的举拳保证，另外两千元一定尽快凑齐。警察领导问什么叫尽快，我说就是半个月内，我说两周之后我能开支，到时我再借点一并送来。警察领导也点了下头，我以为他同意了，可他说，你少跟我玩这个心眼，剩下的两千，二十四小时内必须送来。说完他使劲弹弹我工作证，这个扣下，送钱时还你。我说这这这……警察领导不让我说话，用威胁的口吻对着刚才做记录的几张白纸说，你单位电话——哦，你没记住，这我能查，你家电话是，88501513，你单位的地址——唔，这谁都知道，你家地址是，大东区小北关街北关小区 31 号楼 4 单元 1 楼 1 号，你单位一把手和你老婆分别叫……我额上的冷汗又淌下来，只能鸡吃食一样频频点头，后来听警察领导问我还有事没，我赶紧揣上他们剩给我的七十三元钱落荒而逃。

我离开红旗路派出所的形象不够雅观，弯腰缩脖，绊绊磕磕，像一个真正的疑犯囚徒。当然这与我心虚害怕有些关系，但主要的，却是那个从这个下午到来之初就纠缠上我的老问题又重新出现了。我肚子里的不舒服正卷土重来，且来势凶猛，它不仅搞得我弯腰缩脖绊绊磕磕，还要求我必须赶紧找间厕所去一泄粪便。

幸好对我来说，这时要脱裤子拉屎已不会像当初在柳叶河畔那么困难了。倒不是说警察的罚款也罚走了我的公民意识，那没有，我还懂得不该随地大小便的道理，也懂得即使随地大小便也该选个僻静地方（我身体的两侧是繁华的金三角购物中心和喧闹的居民住宅）。我说这时我要脱裤子拉屎已不会再像在柳叶河畔那么困难，是我想到了那间公共厕所，那个刚才我和娃娃脸打算作为交易场所的棚户房斜对面的公共厕所。现在我连跑带颠地直奔那个不收费的公共厕所，一蹲下去，满肚子乱七八糟的屎尿就从我的肛门和尿道同时排出。尿水很急，成一条黄灿灿的抛物线；屎却精稀，既不是一截截也不是一团团，而是如同自制火枪射出的铁砂，成倒伞状向下喷去。我伴随着尿声屎声还舒舒服服地嗨了一声，仿佛嫖娼被抓遭到罚款的恐惧与懊丧也一并被我排了出去。屎尿排出后，我的肚子好受多了，好像比难受之前还要好受。我如释重负地站在臭烘烘的蹲位上提裤子系腰带，同时还感情复杂地让视线越过不收费公共厕所的低矮围墙，去眺望墙外那些应该作为耻辱记忆刻进我脑海的高楼低屋。于是我再次看见了那个简陋低矮的棚户房。此时，棚户房的那扇小窗正斜斜地嵌在不远处的墙壁上，即使不用望远镜，我也能够清楚地看到，窗玻璃里边，那块曾被我拉开来挡住窗玻璃的新鲜的红大绒窗帘布，不知什么时候被什么人又给拉到了一边。

你一定应该想得到的，对我来说，此时的当务之急是尽快搞到两千元钱，在明天下午结束之前送到红旗路派出所，换回我的工作证。同时通过前边的介绍，你还应该想到，像我这样性格的一个人，意欲在转眼之间搞到两千元钱，难度之大要超乎常人。首先我不能去偷去抢去诈骗，即使我有那本事也没那胆量，那种像嫖娼卖淫一样会触犯刑律的来钱渠道，不在我的考虑范围。或许我只能去向人借钱。可向谁借呢？算算那些与我相处挺好或至少有过交往的人吧：单位同事，单位领导，收发大伯老两口，八一公园的看门妇女，摇轮椅的男人或者玩健身球的老人，老领导以及他的女弟子，男女老同学，柳叶河堤坝上打太极拳的邻居老人……没有必要再往下想了，这些人里，一下子从谁那里借两千元钱都不现实，其中有的人，连两分钱我也借不出来。最理想的来钱渠道，当然是能再碰到一个向我行贿的人。如果今天夜里还能有人来办公室送我两千元钱，那我一定不再推让，也不会再抽出八百作为出租车费退还对方，我要像收缴罚款一样，理直气壮地接受贿赂。可我知道，这样的险是不能冒的，万一今晚没人送我两千元钱（肯定不会有），我却一步不挪地在办公室里守株待兔，那闹不好就得超过罚款时限。而一旦超过罚款时限，后果肯定不堪设想：我的单位，我的工作，我的妻子，我的家庭……

据说一分钱就能难倒英雄汉,可我现在需要的是两千元呀!

我垂头丧气地信步走进了金三角购物中心附近的地下通道出入口。

地下通道里灯光昏暗,叫卖之声震耳欲聋。我在小商小贩们的纠缠之中走了一会,才想到,现在的我,已经失去了既定的行进目标。我原本的目标,是要把我的钱储存起来,丰富我的小金库;而我现在的目标,则变成了要把别人储存在小金库里的钱抠出来,借到我手里。这可是性质完全不同的两类目标呀。面对目标的根本性改变,我茫然无措,只能机械地移着步子,渐渐来到了地下通道的中间部位。

你知道的,地下通道的中间部位是什么地方。对了,是一个我曾经走过一遭并驻足多时的出入口,是通往红旗广场的那个出入口。事实上,这时我已清醒多了,基于某种善良的愿望,我并不想去验证我的判断。毕竟发生的事情已经发生,泼水难收,破镜难圆,我不该为自己也为别人火上浇油。可我的脚步在犹疑之后,还是一点点慢了下来,既情不自禁,又执拗顽固。作为一个堂堂男子赳赳壮汉,我实在不甘心如此窝囊地遭人暗算,况且我的燃眉之急也需要解决。我身不由己地大步踏上通往地面的宽大台阶,再次来到了红旗广场。

这次来到红旗广场,我没东张西望,而是径直绕向了新火车站方向。我怒气冲冲地让自己暴露在广场西侧无遮无掩的开阔地带，对我关注的那个部位进行观察。果然，我的判断不幸地正确了，在大理石台阶上的铁链子旁，娃娃脸再度出现在我视野之内。只是这时的她不是独自一人，也没向前招手，而是千娇百媚地在与一个西装革履的中年男子谈笑风生。我的心里抽搐了一下，但肯定不是因为妒忌吃醋，我也顾不上妒忌吃醋。我大步流星地向他们冲去……可此后的事变，就非我本意了。在他们转身朝我这个方向（我身后的延伸地带是地下通道出入口）走来的瞬间，本来应该迎上前去将娃娃脸的脖领子一把抓住的我，不知为什么，却捉迷藏一样与娃娃脸和那中年男子绕了个圈子，站到了他俩刚才站过的地方，站到了雕像下端大理石台阶上的铁链子旁。

看着娃娃脸和中年男子向广场南侧走去的背影，我也没追，我只是在脑子里一步步地先期为他们设计好了此后的结果：半分钟后，他们就要踏在我和娃娃脸曾在那里站着说话的红旗广场地下通道的宽大台阶上了，不过他们不会止步停留，而是要下完台阶；下完台阶，他们将右拐，穿过吵吵嚷嚷的小商小贩，从金三角购物中心那个出入口重返地面；重返地面后，他们会迅速偏离红旗西路北侧的人行道，径直前往金三角购物中心身后那个不收费的公共厕所；当然他们朝公共厕所走不是因为他们肚子不舒服想要到厕所蹲上一会，不，他们要进入的，是厕所斜对面那间简陋的棚户房。进到棚户房里，如果西装革履的中年男子伸手去拉小窗子上新鲜的红大绒窗帘，娃娃脸肯定不会阻拦；如果那个男子没拉，娃娃脸还会主动拉呢。接下来，为了拖延时间，娃娃脸可能会把性交准备工作做得尽量充分，万不得已了才脱裤子（甚至也脱衣服，因为脱衣服能够拖延时间）。万一那个中年男子出现心理性阳痿，娃娃脸是会暗中高兴的。与此同时，警察领导和他的下属，早已通过自己办公室窗台上的望远镜，看到了重又挡住棚户房窗口的大红绒窗帘，他们会马不停蹄地赶到棚户房，名正言顺地把触犯了刑律的嫖娼卖淫者抓回派出所。所以，这个倒霉的家伙必然比我还倒霉，不用等上二十四小时，现在他积蓄里的一万块钱就已经不属于他了。

肯定不是因为幸灾乐祸，我没去对那个西装革履的中年男子介绍我的前车之鉴；也不是因为我想到了一只时刻需要往里边填钱的孩子的眼睛，才没抓住娃娃脸的脖领子让她赔我两千元损失费（已经罚去的一千元钱，本来就不是我的，我没有道理也让她赔）。没有任何理由，我像雕像一样呆若木鸡地站在红旗广场的雕像前边，什么也不因为。

从友谊宾馆地下通道出入口回地面后，我有两个地方可去。也就是说，确保我在二十四小时之内能拿到两千元钱的地方，对我来说只有两个。这是我经过一番深思熟虑后得出的结论。第一个地方，是家，我可以回家管我妻子要钱；第二个地方，是我今天下午本来就要去的那个地方，即师范学院我老师家。只不过这第二个可去的地方，与我原来要去时的目的已不再相同。

　　但现在在我看来，若踏上回家之路，不啻是踏上一条雪上加霜的灾难之路。

　　我这样说话容易造成误解。我不是要说从红旗广场去往我家的路有什么不好。你知道的，从红旗广场这里通往我家的这一段行走路线，我已经走了一趟（从我家那个方向往红旗广场新火车站这个方向走是同一条路线），很便捷的。我只需从眼下的这个友谊宾馆站坐上 8 路无轨电车，新华分社工会大厦五一商店长客总站珠林桥八家子圣宴酒楼骨科医院地一路坐下去，最后，在小北关街下车，走进北关住宅小区，走向 31 号楼的 4 单元 1 楼 1 号，也就行了。所以我的意思不会是红旗路五一路滨河路有什么不好。那我的灾难之说指的是什么呢？是说我家是个灾难的产房吗？不，你也别误会，我怎么会这样评价我的家呢。其实，你差不多已经也知道的，我的家庭，是一个极其普通的两三口之家（儿子不在是两口，儿子在时是三口），结构通俗，成员简单，与绝大多数的普通家庭一样，用温馨和谐之类意思含混的词汇来形容绝无不妥。虽然偶尔我和妻子也闹矛盾，但从未有过原则分歧。我的性格比较随和，不多言不多语，我妻子和我也差不多，为人含蓄，没什么个性。因此我们平时有了矛盾，顶多是各自发表意见时声音高些，即使达不成共识，也很快就能互相包容。我俩都懂，在婚姻里，理解忍让接受（包括对缺点的理解忍让接受），甚至比爱更为重要。我刚才之所以说出那种容易造成误解的话，把回家之路说成是灾难之路，你不要忘记我前边的限定："现在在我看来"。"现在"是个什么时候你也清楚，"现在"我若选择回家，就意味着我得从我妻子手里搞到两千元钱。可这笔钱我怎么要呢？说捐希望工程吗？捐水灾旱灾吗？捐抗战胜利纪念馆吗？捐半年做一次肾透析的病号同事吗？那些该捐的款我都捐过了，面对一个与我共同生活了十五年的人，只要我不能理直气壮地把嫖娼罚款的事摆上桌面，我就没法编出一个可以骗出两千元巨款（对我而言）的合适理由。

所以，我若回家，走上的必然是一条雪上加霜的灾难之路。

显然，回家的选择我只能放弃，我只剩下了去老师家这一条选择。可想到我不但不能为父母的养老送终添砖加瓦，反倒要去釜底抽薪，这让我更感到心如刀绞。

　　我心如刀绞地来到 15 路汽车友谊宾馆站的站牌底下，缩在人后。15 路汽车行走的路线不属于热线，因此 15 路汽车没有 8 路无轨电车那么往来频繁。15 路汽车从友谊宾馆站开出后，除了要向东在繁华的红旗中路开上一程后，很快就会向南拐上只相对繁华的青年大街，接着又会驶上不那么繁华的学院路，而在学院路，经过工学院、医学院、美术学院和音乐学院后，就会到达我读本科时的母校师范学院了（我读研究生是在北京师范大学）。

　　十分钟后，我爬上 15 路公共汽车时，正是傍晚下班的高峰期。车上的乘客犹如归窝的蜜蜂，嗡嗡嘤嘤的，使我夹在他们之中有种甜腻腻的感觉。本来我心情已坏到了极点，浑身发虚，两眼发直。可上车之后，乘客一多，大伙一挤，亲亲热热跟酿蜜似的，我心口堵着的硬结也就被溶解了，也就不再只执着于挪用父母送终钱这一件事了。特别是汽车开到青年大街的美国领事馆站时，我居然还抢到了一个靠窗的座位，于是身体里边恢复了些气力，眼睛里边也装进了些内容。当然车厢里的内容不怎么好看，那些横七竖八三圆四扁的屁股大腿胳膊胸脯脸，全都歪着斜着扭着曲着，几乎辨不出它们属男属女是美是丑。我是转过头去，把脸贴到窗玻璃上，在挤挤压压的车里看闹闹哄哄的车外的内容。

其实车外也没什么好看的内容，青年大街上确实闹闹哄哄，不像我记忆中那么清爽安谧。但这时对我来说，清爽安谧容易淤积内疚自责，闹闹哄哄才有助于驱烦除恼，而且，车外那些横是横竖是竖圆是圆扁是扁的屁股大腿胳膊胸脯脸，还能让我辨出它们属男属女是美是丑，这也使我觉得更有趣一些。我观察了一会儿车外的情形，发现青年大街上之所以显得闹闹哄哄，并不完全是来来往往的机动车自行车和行人制造出来的效果。平常这种傍晚下班的时候，马路上来来往往的机动车自行车和行人肯定也多，但那种闹哄的程度却无论如何也不会这般夸张强烈；此时这种过分闹哄情形的出现，显然还跟天气有关。我扭头注意车窗外边，是在美国领事馆站的下一站大南菜行站附近，大南菜行附近步行的人多，所以我看到了撑开的雨伞。开始我还没意识到这是为了什么，因为天色灰蒙蒙的，虽然汽车开得十分缓慢，可在它身边，撑伞的行人仍然只是一闪而过，我并不能断定那些行人是否真的是在撑伞走路或为什么撑伞。直到汽车停在了大南菜行站，由于上下车的人多汽车停得久了一点，我才敢确认，是下雨了，是天上下雨这件事强化了青年大街上的闹哄效果，使那些来来往往的机动车自行车和行人显得格外匆匆忙忙。天上飘洒下来的雨很小很小，几乎还不是水珠，而只是水雾。可雨是从什么时候开始下的，我一点也不知道。刚才我从友谊宾馆站上车时，天上还只有秋日黄昏的浓浓灰云，虽然没有太阳，可也没雨。我下意识地仰起头来，前后转着脖子向天上看去。我的头顶上一片阴晦，如同晾着张刚剥下的狗皮；而远处（我刚才待过的红旗广场一带）的高楼大厦尖顶上，则涂着一抹淡淡的亮色，很像是刻在狗皮上的一道醒目刀口。整个目力所及的天空都很死板，很冷漠，没任何看头。

就在这时，笨拙的15路汽车车身十分剧烈地晃动一下，驶离大南菜行站，继续向前开了起来。我被汽车的猛然启动吓了一跳。幸好我脑袋挪得较快，否则我的脸要是仍然贴在车窗上边，那么车体一晃，非让窗玻璃撞一下不可。如果再赶上窗玻璃是伪劣产品，没准还会破碎，那可惨了，不仅我的脸要被划破，我兜里的七十二元钱（买车票又花去了一元钱）闹不好还得全数充作赔偿费呢。我为没挨着车窗的撞，为没被划破脸不必交赔偿费，在心里暗暗称道了一句自己的机灵敏捷，同时我想扭头看看周围，看看我身边是不是有人注意到了我神经质的唐突收身。可这时我发现，我的头已无法扭向车厢里边这一侧了。

我的头也不是完全扭不过来，毕竟没人扳住它嘛。我的意思是，此时我身体不能自由扭动了。本来刚才看车窗外时，我的身体还能扭动，要不然我怎么能由直视前方转而去观看车外呢。可现在要把姿势改变回来，就扭不动了，我靠在车厢里边这一侧的右肩膀，已经被一个人朝向车窗这边的身体给固定住了，并且是身体上某一个坚硬的部位在固定我的。这说明，在刚才我扭头看车外的那段时间，车上无座乘客的组合结构发生了变化，他们中的一员乘虚而入，把我扭动身体时腾出来的空间给占据了。再梳理一下此时的情形就是，由于我靠向车厢里侧的右肩膀被一个站在我身边的人死死卡住了，我的身体便无法移动；又因为我身体无法移动，我的头便也无法扭到一个舒适的角度上来。这样，坐在颠簸的 15 路公共汽车上，我就成了一只被生手钉在标本夹里的濒死昆虫，根本动弹不得，只能非常生硬难看地保持着望向车窗外时的那个姿势。

我被人挤成了什么模样可想而知。

当然了，抵住我右肩膀的只是个人，甚至在我稍作观察后（通过我脚旁的靴式高跟鞋和紧腿弹力裤），还发现那只是个女人。如果她是一坨钢铁一块水泥板一根伐倒的大树，我被她顶得难以动作倒情有可原，但她只是个普通女人，我去反向抵她不见得就夺不回来曾经属于我的那部分空间。可不行，正因为她是女人，我才不敢与她抗争。你想想吧，我坐着，她站着，而且她是面朝车窗（我的侧脸）这边站着。也许刚才我看车外时，她就抵住我了，可那会儿我只顾看雨看天看人看路，没留意肩膀上感觉的异样。如果那时我想动动身子，怎么动心里都能坦坦荡荡，肯定动了也就动了。但那时我没动，那时我并不知道原来属于我的一小块空间受到了侵占。现在为了夺回曾属于我的空间，我想动了，可我哪里还有动的胆量呢。如果在这种情况下我轻举妄动，万一惹身旁的女人不高兴了，把我说成是成心在打她主意做文章，那我就百口也难辩啦。

照理说，应该由这个女人挪挪身子。一个女人抵在男人肩头，她怎么能够毫无感觉呢？并且她不像我，被死死抵在了车厢壁上；她站在前挤后拥的人丛之中，活动余地还是有的。

你是不是要说我自作多情？没关系，别说你，连我自己都想到了我是不是在进行自作多情的性幻想呢。可确非如此。我立即就想到了在这个落雨的黄昏时刻，我挤在车里赶往老师家是为了什么。此时此刻，我情绪不好，没有闲心自作多情。如果我下午没有过在红旗广场自投罗网的倒霉经历，我没准会呼应此时的挑逗调戏，若是那样，我自作多情倒也顺理成章。可我现在不想呼应，只想躲避，我根本没必要自作多情。

我说过，我现在对女人的挑逗调戏不想呼应只想躲避。可凡事都不是绝对的，我的想法可以变化，朝秦暮楚是人的本性。当然了，虽然我身旁这女人完全有可能就是前方美术学院音乐学院那种革命圣地哺育起来的革命者，但我也不会为此想入非非，我还不至于愚蠢地去把自己打扮成一个偶然邂逅一见钟情的浪漫角色（到现在我也不知道她长相如何。而从我脸所处的角度来说，她也不一定看得清我）。我也知道，报纸上制造的"先行者""实践者"不会这么快就出现在我们这座保守的城市，即使出现了，也不能偏巧就出现在我的身旁。所以，我心中有数，我身旁的这个女人无论多么不同凡响，也仍然只能是个娃娃脸那样的卖身妓女（我这样提及妓女并无贬义）。我这时想的其实只是，没准价钱会很便宜，要是花七十元钱能与她拍板成交，我的钱袋就不会透支。这样一来，我那即将损失的两千元钱（我仍然认为已经损失的一千元钱不是我的），也就不必算作损失了。毕竟我真的嫖了娼嘛，犯法挨罚理所应当（前提是这个女人别是诱饵）。

这时车厢里的光线已经非常暗了，我目的明确地用力往上挺挺身子，觉得我完全可以借助黑暗做点什么。我的动作，看似是为了坐舒服些，我纹丝不动地等待着女人做出反应。却是我坐的汽车先有了反应。我纹丝不动，我身旁的女人纹丝不动，可捣乱的汽车却闹地震一样忽然全无节律地动了起来，接着就停了。师范学院到啦——随着汽车停稳，门口的售票员喊了起来，有下车的往门口来——结果就在我精神溜号的这一小会儿，我发现我身旁的女人已经离我而去，向车门口走了；而我，却未能体会到她对我肩头和臂肘发出的信号是否做了回应，以及做了怎样的回应。也许她已给了我回应，只是我没接收得到。我只能在黑暗中，感觉着女人丰腴的后身被动荡的人丛遮掩起来。师范学院呀，还有下车的没——听到售票员又喊一声，我才意识到我也该下车了。下车下车！我高声叫喊着，奋力起身向车门口挤去。

　　我一跳下车，就东张西望，看那个先我下车的女人是否在等我。她确实没走，就站在站牌一侧的马路牙子上，也在东张西望。她站的那一侧马路牙子是在灯影暗处，我仍然不能看清她脸，但我知道，那个孤零零站着的女人是她没错。这时天上的雨稍大了一些，落在脸上，凉滋滋的让人清醒。我一边从明亮的灯光下慢慢朝她挪动脚步，一边提醒自己在与这个女人对话时，一定要确认她不是诱饵。现在，我和那女人的距离只剩三步了，我几乎听到了她紧张的呼吸声。我也紧张。我低垂着头，不敢看她，用憋气来抑制口鼻的喘息。

　　大，大哥……我听到那个女人先开口了，大，大叔……她继而又改变了对我的称呼，我，我不是那种人，她说，求求你别有那样的念头……我早就结婚了，孩子都两岁了，一会儿我男人就来接我……

离开学院路的主干道后，前边就是师范学院的正门口了，我这才想起应该回头看看。我煞有介事地掩在一株树后，把目光投向我刚刚离开的15路公共汽车停靠站。马路旁边的15路车站，已完全变成了一幅街灯衬出的模糊虚景，夜色中，只看得出有人影晃动，有车辆行驶，但人是男人女人，车是大车小车，我就一概分不清了。我后悔没早些回头，也不知道那个言（说她不是那种人）行（用身体挤压我）不一的女人是不是已经等来了她的丈夫。但愿这女人不是个多嘴的女人，她丈夫也不是个多事的男人，他们若能汇到一起就一块回家，那最好了，可别再追上来找什么麻烦。我靠着大树，一边警觉地四处踅摸，一边拢住双手点烟。远远近近被我观察过的人，没有一个显得形迹可疑，最后把烟抽完我打量自己时，倒觉得只有我似乎鬼鬼祟祟地不大地道。我忙抬脚往师范学院正门走，可想想我并没看清我是否已经被人盯梢，心中还是忐忑不安。为了确保安全（我可不能把人再丢到老师家去），我决定绕个圈子走师范学院后门。

我认为绕一点远不至于耽误我去单位上班（我应该七点上班，现在才五点十五分），既然不会耽误上班，我尽可以把这次去老师家的有目的活动，当成一次诗情画意的雨中散步。要不然，去早了不仅要有混饭的嫌疑（即使我真是混饭老师和师母也不会怪我），更麻烦的是还要多说许多话，可我实在是无话可说（即使老师师母是像我父母一样的亲人）。必须说的话我已设计好了：老师，我需要两千元钱。如果他们老两口不再多言，我的话也就算说完了，我可以拿上存折立刻告辞。我得赶紧上班去了。这是我临出门时要说的话。如果他们顺嘴问我为什么要钱，我顶多也就再含糊一句：就家里那些破事儿呗。他们知道我懒得多提农村老家，肯定不会继续追问。这样一来，现在的散步也就成了我此时唯一的选择。

我慢腾腾地走过通往师范学院后门的那条小路，走进师范学院的后门，走在师范学院里纵横交错的甬路上，与身旁不断一闪而过的行人全不合拍，好像我也成了这深秋季节里天上的小雨，纤柔羸弱，渺小细微。我伸出手去触摸雨水，清凉的雨雾似有若无，给我的感觉是寂寥甬路上的我也似有若无了。

我早已是个素有经验的散步爱好者了，脚下漫无目的，思想神游八极，那真是一种美妙的享受。但此时的散步，与我以往的散步大异其趣。散步的本质是用双脚的移动耗去一定量的时间，与移向哪里没有关系。可现在我不是在单纯地散步，现在我是去老师家，有明确的目标，因而走了好久之后，我也没能找到以往的感觉。我知道这是因为什么。我们单位有个领导，也是向来喜欢散步的（不是像我这样慢行散步，是为了锻炼身体快速散步），每天早晨起来后，他要径直走到单位的大铁门里，练一套气功功法，然后再折回家中，换衣服吃饭，等司机去接他，再坐上轿车重新进入一回单位的铁门。他的做法曾惹来个别群众的闲言碎语，说他装逼、摆谱、整事儿，说他有点权力不知咋用好了。个别群众的意见是，他应该把西服皮鞋放在包里背在身上，散步来到单位后，练完气功功法后，就在食堂吃早点，然后进办公室换衣服换鞋办他的公，而不该脱裤子放屁地折腾司机再接他一回。或者，个别群众继续私下建议，散步他应该另辟一条与单位南辕北辙的路线，这样他再坐车上班，别人就不会看着别扭。对个别群众的意见我不以为然，因为我知道，他们不了解散步与上班有什么不同。作为一个经历了从不喜欢散步到喜欢散步这一变化的人，我认为，领导每天早晨的两次来单位，并无错处，为什么锻炼身体（在我是无事闲逛）和上班工作不可以区别开呢？领导散步到单位是为了锻炼身体，他上班才是工作，而坐车上班是他的待遇。如果他愿意将两者合二为一，省了劳力省了汽油还省了他和司机两人的时间，应该是好事；可如果他不愿将两者混为一谈，从公私分明的角度讲，他完全有理由把他的散步路线和上班路线既确定为同一条路线，但又不在这同一条路线上一次性地做完两件性质不同的事，这也不算什么错误。现在的我面对着的就是一个这样的局面，我来师范学院不是为了闲逛散步，我是为了到老师家拿我的存折，且明天从存折里提出钱后我还要把本来属于我的钱交给别人。想想吧，我虽然貌似优哉游哉，却又怎能优游起来呢。

六点整，我鼓足勇气，终于敲开了老师家房门；可遗憾的是，我却没有勇气开门见山。

老师和师母，好像也刚回到家里，他们身上的衣服都有些濡湿。他们的情绪也不大对头，见我进屋只强作笑颜，师母的眼里，还有未曾抹净的泪水。房间里也一片狼藉，似乎刚刚遭到抢劫。

出什么事儿了？我问，报案了吗？没事儿，老师说，啥事儿也没有，他指指一把椅子让我坐下。师母给我拿来一条擦脸的毛巾，又让我把身上的衣服赶紧脱掉。我的心里热了一下，这就是一对关心我的老人。他们顾不上自己身上的衣服是湿是干，却能想到我的衣服。现在我身上的衣服比他们的衣服湿得厉害，可我知道，即使他们身上的衣服比我的衣服湿得厉害，他们首先想到的，也还会是我。是要……整理房间吗？我打量着三间房子的角角落落。其实我完全看得出来，老师家的一团混乱，根本不是那种有计划有条理的混乱法，这简直就是一个抄家现场。为儿为女者不仁不义，不忠不孝，都是父之过呀，父之过呀——老师仰头长叹一声，两行老泪流了出来。老师这一流泪，又影响了师母，师母憋不住哭出了声音。

我没再多嘴，我知道是怎么回事了。也不是我就知道了事情的细节，我是说，让老师和师母伤心的，一定又是他们的宝贝女儿。其实现在他们的女儿已不宝贝了，说她宝贝是指以前。老师师母老两口不再宝贝他们的女儿，是在他们的女儿连续三年高考不第后。倒不是说考不上大学的女儿就不值得宝贝，而是那女儿不光考不上大学，还逐渐出落成了个泼妇蛮女。她好像不是出身于一个温文尔雅的教育之家，她的缺少教养蛮不讲理和粗俗自私，令老师师母在人前人后都难以抬头（她就在师范学院的服务公司工作）。从她三度高考三度落榜后，她已经又三度成婚三度离异了，可她不论是在婚姻之内还是婚姻之外，不论是在热恋之中还是夫妻间打得鸡飞狗跳之时，她总能腾出空来骚扰爹妈，搞得我老师和师母苦不堪言。可像这样把家里折腾得天翻地覆，我倒头一次看到。

我和你老师去幼儿园的儿童之家参加一天活动（师母以前是幼儿园园长），她就乘虚而入了。师母说。她把家里的钱和值钱的东西扫荡一空，连你的存折都拿走了。老师说。她这是逼我们死呀，我们欠她的吗？师母说。她这是入室盗窃呀，她不怕触犯刑律？老师说。她也是孩子的母亲，还是两个孩子的母亲呢……师母说。她已经四十岁了，四十岁的成人呀……

老师说。这时我看到了我身旁桌上的一张信纸。由于信纸上只写了寥寥几行字，字又奇大，所以尽管我离那纸还有段距离，我也不是很想去看一些未经主人允许我看的字，可那几行大字，还是格外醒目地钻进了我眼里：

父母二老你们好，你们以为不给我钱我就没办法了吗，我找得到。孩子成家老子出钱，家家如此，你们不要那么小抠。如果以后我有了钱，会还你们。

看来老师的女儿又要第四度做新娘了。我知道，这趟老师家我算白跑了，取存折的事更是根本不能提了。我看看表，距离上班还有点时间，便起身帮老师整理床铺——不能睡觉的家称不上家呀。我和老师垫床板时，师母去厨房点火烧饭，我们把床刚整理好，师母就把面条端了上来。面条碗里卧了鸡蛋，白白的圆圆的隆起在碗中；鸡蛋旁边撒一圈葱花，绿绿的翘翘的装点着鸡蛋。鸡蛋和葱花组合在一起，就像一枚小型花圈，而盛面的大碗就成了坟茔。花圈面条惹人食欲，我也饿得饥肠辘辘了（我肚子里的午饭已拉干净），可时间告诉我，我已没空再伸手端碗。我吃过了，不饿，我对老师师母说，得赶紧走了，要不上班就迟到了。说着我穿好潮湿的外衣，与老师师母道别分手。下楼以后，站在已经明显下大了的小雨里，我才想到，我应该告诉他们，明天我要来帮他们整理房间。可又一想，明天我也许来不了的。明天早上下班时，我的二十四小时期限就等于过去一大半了，但两千元钱，是不可能在这之前来到我手里的。所以，明天白天，我必须把马不停蹄地四处借钱的事放在首位。这样一想，我也就不为没对老师师母说明天还来感到后悔了。如果说了，万一来不了，那倒成了我撒谎了。

第五章 下班的时候

要是不刮胡子，我会感到不舒服，这不是为别人，而是为自己。后来我感到，如果不刮胡子，我将变得有点像一株植物。我不由自主地摸了摸下巴，拿出电动剃须刀来尽可能地试一试，或是说试一试不可能办到的事。我完全知道，因为没有电，这把电动剃须刀根本就不管用……

——弗里施《能干的法贝尔》

刚一走到单位大院门口，正当我向看门军人出示工作证时，院里边下班的铃声响了起来：丁零零——

　　下班的铃声响得突兀，还异常尖锐，有点像一把你没看清来路的匕首突然插进你的心脏。你知道的，我常年夜班，是晚上七点上班，基本听不到每天傍晚五点钟准时响起的下班铃声，我一般能听到的都是早晨八点的上班铃声。尽管上班铃声和下班铃声是同一个电铃发出的声音，可由于它们在我的习惯中叫响的时间截然不同，我猛一听到下班的铃声，仍然被吓得心里一悸。我下意识地往身旁的收发室里看了一眼（我知道铃声的源头就来自那里），却一下子和收发室窗玻璃里边的一双眼睛对了个正着。那双眼睛包裹在一圈皱纹中间，浑浊模糊，要不是我早就知道那是一双活人的眼睛，它们的存在是很恐怖的。我刚想咧嘴笑笑收回目光，却见那双眼睛的主人在使劲冲我招手。来，进来。收发大妈推开镶在大窗户上的那扇小窗，嘴里发出热情的邀请。

我进到收发室里，刺耳的电铃声还在聒噪。我对站在电铃开关旁边的收发大伯说，快关了吧，怎么响起来没完没了的。收发大伯没有看我，只是紧盯着他手里那只用于体育比赛的计时秒表。还有半分钟呢，他说。收发大伯是背冲我站着，他准是从声音上听出了进屋的是我。响一下就够了呗，我说，都听得见，大马路上都听得见，你干吗非让它响那么长时间。收发大伯顾不上理我，坐在收发室窗口椅子上的收发大妈这时站了起来，替老伴说话。最早还规定响三分钟呢，是后来有领导说死了伟人才响三分钟，为了不给政治造成影响，才改成响两分半的。收发大妈虽然在和我说话，但她的眼睛也没看我，仍然警惕地盯着窗外。我想问她喊我进来有什么事，可屋里的两个人都背对着我，我也就懒得再开口了。收发室里非常暖和，里屋火炕制造的热量源源不断地散播到外屋。这时刺耳的电铃声终于响完了，我抚着心口松了口气。

收发大伯锁好电铃控制开关，把手中的秒表也收进抽屉，然后满脸堆笑地回身看我。你心脏不好吧，让这铃声就把脸叫白了。收发大伯说着给我让烟。我没接他的烟，而是拿出我的烟给他一支。我说我心脏没问题，只是以前没怎么听过这下班的铃声，乍一听，觉得跟催命似的。收发大伯笑了，那天天早晨听上班的铃响你都堵住耳朵？我说不，早晨响铃我挺爱听，早晨的铃声像公园的鸟叫。我们说话时，收发大伯已经与收发大妈交换了位置，也就是说，收发室窗口上的眼睛换成了收发大伯的眼睛，而收发大妈开始蹲在地下削土豆皮了。我忽然明白这收发老两口为什么对趴在窗口看窗外那么上心了。想想吧，这收发室的外间是他们的工作地点，这收发室的里间是他们的生活地点，也就是说，他们从家到班上或从班上到家，只需迈道门槛之劳，经年累月的，要是不自己给自己找点事干，这种单调，这种乏味，还不得把人生生憋死。所以，他们不满足于只负责收发信报，还主动配合单位大院门口的看门军人对大门口严密监视，也就情有可原了。只是我有点替这老两口的眼睛担心。看门军人是一个班的年轻人轮流值班，而他们，不光人少，年龄也大，总是处于如此紧张的状态之中，恐怕是不合适的。我想说，你们老两口没事应该回家（里屋）躺着烙火炕去，可话到嘴边，我又咽了回去。我也没再问他们为什么叫我，我认为，收发大妈喊我进屋只是一般的客套。

我掐灭烟头往收发室外走，可眼观六路耳听八方的收发大伯虽然脸对着窗外，却不知怎么就看出了我的动向，他麻利地伸手把我拉住，按坐到他身边的另一张椅子上。他手劲好像比我都大，怪不得他对安全保卫这种事上心。坐到椅子上，我想先不回办公室也好，要不然，与马上就要走出办公室的人流逆向而行，还得打招呼说话，怪麻烦的。我就也目不转睛地去看窗外。

你这是——还上夜班？收发大伯仍不看我，但是对我说话。我也不看他，我看窗外最远端的一大趟汽车车库，同时说，对呀，这还用问。窗外最远端的汽车车库全库门洞开，灯光下，能看出库里的小轿车黑白蓝灰什么色的都有。这时我听到蹲在我和收发大伯屁股底下的收发大妈吭吭哧哧地说，不是说，不是说以后，不用你……我问不用我什么，收发大伯抢过话说，夜班好，夜班好，夜班有特别的重要性，坚持上下去，他（指我）没准也就快提了。我不明白这老两口子在说什么，可我知道他们向来喜欢吞吞吐吐玄玄乎乎，便不再吱声。那——收发大伯这回就是没话找话了，你咋来这么早呀？我如实说，我怕下雪道不好走，就早早往单位这边赶了。也是，这天都阴了整整一天了，收发大妈说，可雪还不下。收发大伯嗔怪道，盼下雪？下雪了同志们回家多难走呀。这回他是说给他老伴的，口吻里边带着批评。收发大妈说，就是就是，趁雪没下，同志们快走吧。于是随着收发大妈的话音落地，我看到，下班的"同志们"已经从办公大楼的楼门洞里涌了出来，欢天喜地呼朋引类，集体做出一副把下班回家当成他们最快乐时刻的样子。他们有的往大门口走，有的往自行车棚走，有的从自行车棚的方向推着自行车再往这大门口的方向走。收发大伯兴奋地对收发大妈叫，嗨嗨，同志们出来了。

收发大妈闻听叫声，手里拿着土豆和刀就扑了上来，像头小马驹那样骚动不安地站在我和收发大伯的椅子后边。我怕收发大妈一激动趴我身上，赶紧把身子往一侧拧拧，使收发大妈能与窗玻璃挨得更近。窗外已经暮色四合，往远看，阴沉沉的天上无星无月，往近看，虽然院门口的柱灯明亮耀眼，但走过灯下的人挤成一团，让我根本辨不出个数。可好像老眼昏花的只该是我，而收发大伯和收发大妈倒火眼金睛，他们不仅对窗外情形能看得津津有味，还能津津有味地评头品足。收发大伯说，哎，张三没和李四一块走。收发大妈说，唔，王五和赵六又有说有笑了。收发大伯说，崔七穿得太少了，唉，男人没了娘儿们就是不行。收发大妈说，胡八这件新大衣以前没穿过，嘿，是不又换男朋友了……听着老两口的议论我张口结舌，我后脊梁发凉，我插个空子惊讶地说，你们二老，认识的人知道的事，可比我多多啦。收发大妈得意地笑出声来，收发大伯说，这就是家和单位在一起的好处嘛。后来，下班的人流就稀薄了，有些我不知道的事情，收发大伯和收发大妈互相补充着给我讲得挺细，让我一个劲地哦哦哦哦。再后来，已经进里屋烧饭的收发大妈忽然像被火烫了那样窜出屋外，喊，老头子注意没，领导没走！我和收发大伯同时一愣。不过我除了发愣再没别的反应，我不明白什么叫"领导没走"；可收发大伯就不一样了，他一愣之后立刻就意识到了他老伴的话什么意思。准是领导加班开会呢，他宣布道，没准就是研究上夜班的事。我懵懵懂懂地问，怎么啦？其实我并不知道我要问什么。可收发大伯和收发大妈却同时抢着解释说，小车一辆也没动嘛。果然，收发室窗外最远端的一大趟汽车车库里，黑白蓝灰的各色轿车仍然都在。

我被办公大楼的楼门洞子吞进去又吐出来，就已经走在楼梯上了。镶在楼梯两侧的走廊灯，是新安装不久的节能感应灯，它们像坟地里的鬼火那样忽明忽灭。这种灯的开关不用人手控制，当它感应到声波振动时，就亮，而将它点亮的声音消失数秒后，它又能悄无声息地自动熄灭，就好像它长了只装有开关的神奇耳朵。我是一个人往楼上走，鞋底踏在楼梯上的声音不是很大，而墙上的感应灯有的灵敏度高有的不高，听到我脚步声后，便有的亮有的不亮。那些灯，有的距我很近偏偏不亮，有的距我较远却会猛然发光，能给人一种神秘诡谲的奇妙感觉。

以前我对这种节能感应灯没怎么留意，现在注意到它了，我就兴致勃勃地和它们玩耍起来。我走上几步，就停一停，甚至有时我要退回已经上完的几级楼梯，回到刚才我经过时没有闪亮的灯底下，使劲跺脚。其实走廊上所有的灯都没毛病（厂家不敢往我们这样的单位销售假冒伪劣产品），只要我力量用到了，它们都能亮。结果，由于我是边玩边走地往楼上爬，速度便慢，当单位里一个年轻女领导跟我说话时，我发现我还没走到三楼的楼梯口呢。

女领导是站在三楼楼梯口上边跟我说话的，那时我正站在距她脚下五六级台阶远的地方在单脚跺地。我站在一盏不怎么敏感的感应灯下，一下一下地连续跺脚，嘴里还一句一句地提着问题：你还不想亮啊？你真不想亮吗？你到底亮不亮呢？我跺脚的力量越来越大，提问题的声音也越来越高。一直到后来我咬牙切齿地说操你妈的时候，墙上的感应灯才很不情愿地发出了亮光，而女领导的声音传进我耳朵，也恰好是这个时候。嗨嗨，你干什么呢？女领导的声音吓我一跳，我没想到身边会有人，还是领导。我忙扭头看她。只见她站在高出我五六级台阶的楼梯口，向我微倾下身体面露疑惑，手里还明晃晃地捏着一只浅粉色卫生巾。我动作立刻就僵住了，两手一前一后地攥着拳头（是控制身体发力时的动作），两脚一高一低地交错在同一个平面上（是跺完脚后意欲收腿的动作）。我尴尬地扭头冲女领导笑，却不敢看她的眼睛和手，也不知道该如何回答她的问题。显然，女领导听到我骂"操你妈的"了。你知道的，我那"操你妈的"是在骂灯，与女领导无关。可许多事情都不会那么简单，如果我说我是骂灯，女领导能信吗？恐怕她不会轻易相信（背景是曾有人对她当上领导的途径提出质疑）。一个神经正常的成年人独自待在楼梯道上破口骂灯，还恶狠狠地跺脚，这解释不通。换成我是女领导，也要掂量一下，我是不是在指桑（灯）骂槐（女领导）。我紧张到了什么程度难以形容。

　　领导，嘿嘿，领导，我轻抬脚慢落步地往上走了几级台阶，站定在和女领导脸对脸的地方。你，我说，你是不是，已经站这看我一会了？我这样问话的意思是，如果女领导已经看我一会了，那她就容易理解我为什么骂灯，否则的话，我解释起来比较麻烦。可女领导比感应灯敏感，她刻薄地说，我看你？你那么可爱吗？我没想到我的问题会被她理解成情感问题，我哑口无言。女领导肯定也意识到了作为领导她和我谈"爱"不大合适，便也一时无话可说。恰在这时，由于感应灯已有若干秒未受到声波振动了，忽然之间齐齐灭掉，使我和女领导的周围一团漆黑。这突然的变故让我惊慌，万一女领导担心我趁火打劫，先喊起来，那样岂不更加糟糕。好在女领导仍然无声无息，好在很快我也就想到了该跺一下脚，使身前身后灯火再明。我一边跺脚，一边解嘲地说——可我的话根本没说出口，因为我张嘴时，发现女领导已经没了踪影，只是在走廊远端的一面墙壁那里，我看到（主要是感觉到）有扇门剧烈地忽闪一下。原来女领导已经去厕所了。我想，这女领导的脚步真轻，连我这人耳朵都没听到她离去的声音，也就不怪墙上的感应灯没反应了。我转身想继续往四楼走，可我又意识到，有扇门剧烈地忽闪了一下的走廊那端，并没有厕所，厕所应该在相反的方向（也就是走廊的另一端）。

这时候，我又听到有人叫我，先是叫出我的名字，然后说你过来一下。不用看人，我就听得出来，叫我的声音，是那个主管我所在部门工作的领导发出的声音。我循声望去，声音发自有扇门剧烈地忽闪了一下的走廊那端。我看出来了，走廊那端，确实没有厕所，那里只有领导开会用的小会议室。这能证明，刚才黑灯时，从我面前消失了的女领导没去厕所，而是（忍着尿意或者屎意）又回到了小会议室（我见到她之前她一定也是从那里出来的），去通知我的主管领导她看见我了。

可领导开会，让我过去干什么呢？这样的事情可从未有过。

小会议室里，站满了领导（是会议结束后行将散场时的那种站法），在领导们的身前身后脑袋顶上，飘荡着的烟雾如霾云笼罩，连我这抽烟人都觉得发呛。显然，他们的会议已开了很久。

这就是一直上夜班的——具体主管我那部门工作的领导郑重其事地向其他领导介绍我一句，然后小声说你来这么早，我正想往你家挂电话呢。我没来得及问我的主管领导要往我家挂电话有什么事，就见那些其他的领导听说是我，纷纷对我道起了辛苦来啦认识了挺好吧什么的。那些在我面前的领导我大部分眼熟，只有个别的看着面生。但不管眼熟的还是面生的，他们对我如此热情，让我感到受宠若惊，我连说不辛苦应该的工作第一爱单位如家……一个主要领导上前与我握手，同时打断了我的表态。是这样的小——啊哈同志（他没记住我姓什么），夜班工作是个重要工作，以前我们重视得不够……可我把主要领导的话理解错了，我以为他要说对我关心不够，就插话说，挺重视挺重视，我很满意毫无怨言。主要领导不高兴了，瞪了具体主管我那部门工作的领导一眼。我的主管领导忙推我一把，险些没把我推到主要领导怀里去。你别插话! 他不满地说。我闭严了嘴巴，只看主要领导的嘴巴开合。主要领导的牙齿又黑又大，上下唇则过短过紧，也许不说话时还好一些，一说话，他的嘴唇上下翻开，充满他口腔的就全是黑牙了。我移开目光不去看他参差的牙齿，但我却避不开他吐在我脸上的唾沫星子。

这样，由于我把精力全放在躲闪主要领导的唾沫星子上了（宁可让其黏在我脸上，也不能让其射进我口唇），因此并没听清他都说了些什么。

后来领导们就纷纷离开小会议室了，我也跟着他们往外走。那两个不知从哪冒出来的清扫女工在小会议室门口与我交臂而过，对我也说走好慢走。平常她们不搭理我，这会肯定是误以为我新近提升了，才也对我献上了媚笑（她们很年轻）。可我没理睬她们。倒不是我狭隘记仇，主要是我看前边的领导们对她们的媚笑都无动于衷，我怕我要是有动于衷了，会坏了规矩。这样离开小会议室的我就也像领导们一样，始终大摇大摆目不斜视，直到走到楼梯口了，领导们已经矮下身体往楼下下了，我和他们才分道扬镳。我是高起身体往楼上爬的。你知道的，去我的办公室，还得再爬两层楼梯，它在五楼。可我刚往楼梯上上了两级，正犹豫着该不该与下楼的领导们道声再见时（我担心他们也像对待清扫女工那样对我的道别无动于衷），我的主管领导看出了我的意图（不是要道别的意图，而是回办公室的意图），他顺嘴问我，你还上去？我急忙停脚把身体靠近楼梯栏杆，谦逊地说，也快到点了，我得提前到办公室做些准备工作，就不送你们了。主管领导说，谁用你送了，然后下两级台阶，又站住，问，你没听明白？我不知道他说的话什么意思，但他又盯着我眼睛等我回答，使我没法含糊其辞，我只能问，听明白什么？他不高兴了，嗨，你这人呀，他说，不是领导（指主要领导）亲自跟你说了吗，以后你就不上夜班了。这回主管领导的话我一下子就听明白了，什么？我惊得险些没滚下楼梯，我不上夜班了？那，我结结巴巴地问，那夜班谁上呀？主管领导不耐烦地说，从今天开始，由领导们轮流上夜班。说罢他甩手朝楼下走去。我三步两步追上了他（从通往四楼的楼梯上下到通往二楼的楼梯上），可，可我怎么办呢？在主管领导身边，我脱口又问。你白天上班呗，主管领导撇了下嘴，看你紧张的，又没让你下岗。我有点急了，可我不上夜班，我说，那我夜里上哪去呢？主管领导说，这不废话嘛，夜里回家呗。说完他再次扔下我扬长而去。

院子里那一长串装卸领导的小轿车鱼贯驶出后，我才挪出办公大楼，琢磨着天上的黑云还有多久能变成白雪。可看不出来。我慢腾腾地蹭到院子的大铁门旁，迟疑着要不要也迈出大门。与此同时，我还见到收发大伯和收发大妈从收发室墙下的阴影中钻出来，截住我的去路。他们冻得哆哆嗦嗦，但树皮般的老脸上笑逐颜开。哟哟哟，他们幸灾乐祸地说，你这是要往哪去呀？我想象得出我被取消了上夜班的资格会使他们有多开心，可我故意装出一副什么事都没发生的样子，尽量让他们的得意晚一些到来。烟不够了，我灵机一动说，大长的夜呢，再买盒烟去。我的回答果然让他们大失所望，你是说，他们抻长了脖子叫，今天晚上你……我说今天晚上我……我的确想表现得强硬一点，想说出点有劲的话来噎噎他们，可我敢大言不惭地说今天晚上我还上夜班吗？我不敢，我若说了，传出去，就会有人认为我要抢班夺权。幸好在我后续的话说不出来时，收发大伯收发大妈的注意力忽然移走了，引得我也扭头去看一辆朝我们驶来的白色轿车。那辆白色轿车无声地停在我们身边，而且我还听到，车里人叫出了我的名字，接着我看到，一个主管别的部门工作的领导从摇下的车窗里露出了脑袋。收发大伯收发大妈已手舞足蹈地冲了上去，哎呀呀你才走哈——怪不得呢，没见你车出去——可领导没理睬他们，只对他们身后的我说，你不骑车走吗？我说，骑，啊，我车钥匙丢了，就不骑了。领导说，那你上来吧，坐我车走，说着还返身替我把车后门打开。

钻进白色小轿车时，我以为主管别的部门工作的领导是找我有事，可没事，他只是让我搭他车回家。很快我也就明白了，这个领导为什么会热情待我，因为他提到了我一个女老同学的名字，还说这么多年关心不够什么的。我一下子记起来了，他是那个和我一起在"伊甸"吃过西餐的女老同学的丈夫。但我挺机灵，没表现出我是才想起他来，而是装出一副我一见到他就知道他是谁的样子。

　　他问我家住哪里该怎么走，我客气地连连摆手。你要是找我没事我就下车，我说，我不回家。他亲昵地回身挤了下眼睛（他坐在副驾驶的座位上），怎么，潇洒去？我不好意思地说哪呀，不潇洒。"潇洒"是我们单位里的人发明的文明词，用以指代吃喝嫖赌那些事情。可女老同学的丈夫对我穷追不舍，这时候不回家，又不去潇洒，那你去哪？我支支吾吾地说不上来。我能说去八一公园吗？能说去吉祥市场吗？能说去柳叶河河堤或者新火车站吗？能说去红旗广场或者师范学院吗？不能，我只能笑，然后说要下雪了，我想就在办公室对付一宿，省得路不好走。女老同学的丈夫说，下雪怕什么，咱不有车嘛。这时汽车已开到十字路口，司机有些不耐烦了，问我到底去哪。我知道我已别无选择，只好说，大东区，小北关街，北关小区，31 号楼，4 单元，1 楼，1 号……司机说，你以为我能把车一直开进你家屋里吗？

　　司机没把车一直开进我家屋里，但还是开到了北关小区的大院门口。北关小区不许机动车入内，要是允许，女老同学的丈夫是能指示司机把车开到 31 号楼前的。我下车后，对女老同学的丈夫道了再见，又对司机说了谢谢，目送着他们调头回跑（他们为送我已经绕远了）。

现在，我身后就是北关小区大门口了，我只需回身面朝小区抬脚迈步，几秒钟后，就可以置身于小区之中。当然小区的院子范围很大，从院门口到我家还有段距离。可毕竟进了小区大院，也就相当于回到家了。但我此时没有回身，也就是说，我没面朝小区，而是将面孔朝向了滨河路方向。滨河路上灯火辉煌，比小区这边显得热闹。在滨河路上的车水马龙中，我看到有几个少年男女朝我走来，朝我身后的小区走来。他们身穿的羽绒衣裤色彩鲜艳，一路上嘻嘻哈哈打打闹闹，肩膀上好像都背着什么，亮闪闪的。我被他们肩膀上亮闪闪的东西勾住了目光，就挺注意他们。后来他们靠近了我，与我错着身子进了小区，我就看出来了，他们肩上搭的是冰鞋，同时我还看得出来的，是他们与我儿子年龄相仿。我明白了，他们是从柳叶河滑冰回来。我在这一瞬间忽然记起，再有几天，我儿子的学校就放寒假了，而我儿子早就说过，寒假期间，他要从姥姥家回来住上几天，让我到时候教他滑冰（我儿子一直以为他的父亲无所不能很了不起）。作为父亲，我很难拒绝儿子的要求（正当要求），可我对滑冰一窍不通，又怎么去示范教练呢。

想到自己不会滑冰，我觉得我这个父亲的形象正在儿子眼里一落千丈，我非常担心儿子的学校会提前放假，担心此时儿子已在家中。也许，我应该抢先为教练儿子做点准备，比如，马上到柳叶河的冰面上去走走看看，去寻找一下"冰性""冰感"，去观摩观摩别人的姿势动作。

我正想抬腿往滨河路走，却听到身后小区院门口门卫室的人在高声发问：喂，你们几个哪号楼的？都哪号楼的？我听出门卫室的人不是问我，是问那几个滑冰归来的少男少女，可因为好奇，我还是回头看了一眼；平常进出小区的人成分复杂，门卫室的人从来不闻不问，毕竟住宅小区不是我们单位那种森严的衙门呀。可当我意识到门卫室的人不是为了治安之类的事情发出询问，而是由于别的原因才截住那几个少男少女时，已经晚了。我还没来得及离开小区门口，门卫室的人就把我叫住了。嗨，你是31号楼的吧？你知道的，我是住在31号楼，他问我了，我无法否认，只能站住；况且我想否认也不可能的，从门卫室的人问我话时那种肯定的语气来看，他对我的出处了如指掌。我说我是住31号楼，然后我又反问他怎么知道我住那里。问这话时，我站在小区院门外头，门卫室的人站在小区院门里头。门卫室的人听我反问，莫测高深地嘿嘿一笑，自负地说，我们啥都知道。接着门卫室的人把手里的一封信向我递来，麻烦了，把这信带给你们楼3单元2楼2号长白癜风那个老太太。

我毫无准备地接过信来，借着门卫室门口泛黄的灯光，去看信封。那信封上标着一个女性化名字，收信地址只写了北关小区，而没有门牌号码。我——我说，我不认识长白癜风的老太太呀。门卫室的人瞪我一眼，面露不快。那你认识你家不？他问。认识呀，我答。那你是回家不？他又问。是回家呀，我只能又答。那你就助人为乐嘛，都邻居住着。门卫室的人接着给我解释说，这信在门卫室已经压好几天了，他刚刚弄准了它是谁的，如果我不帮忙把信带走，他就得亲自上门去送，可这样一来，门卫室的重要岗位就无人把守了。我只得点头把信揣进兜里，在门卫室的人的注视下，向与滨河路相反的方向，也就是小区里走去。走了大约十几步远，我心有不甘地回头去看，见门卫室的人还站在院门口目送我呢。我有些尴尬。长白癜风的那个老太太，我讨好地张嘴问了句废话，是住3单元2楼2号吧？门卫室的人声音响亮地答了个是。

往小区深处走了一程，我来到处于小区中心部位的圆形空地右侧，接近30号楼东侧房山连出来的那个食杂店了。这即意味着，我与我家已近在咫尺。如果在我进入食杂店构成的死角之前，我站在小区中心部位的圆形空地上，或站在那个圆形空地的左侧边缘，只要往30号楼南边的31号楼扫上一眼，就可以轻易地看到我家的北窗。可现在，我却看不到我家的北窗，现在我让 30 号楼东侧房山的食杂店封住了角度，我就只能看到射出灰蒙蒙灯光的食杂店了。其实我对看不看我家的北窗兴趣不大，因为即使刚才走过小区中心部位的圆形空地时我想到了抬头，从我家的北窗口我也看不出什么。我家北屋是我儿子的卧室，我儿子常年住姥姥家，所以我家的北屋几乎在所有的夜晚都一团漆黑（现在必然也是如此，因为我儿子的学校不可能提前放假）。平日里，我（如果我在家的话）和我妻子住南间大屋，到了晚上，只有去看我家的南窗，才能看到些许内容。想着我家不会有内容的北窗和可能有内容（如果我妻子已经下班了的话）的南窗，我磨磨蹭蹭地放慢了脚步。我磨磨蹭蹭地从兜里掏烟，又磨磨蹭蹭地叼在嘴上，然后把打火机捏在手里，点烟之前，先就着食杂店窗口泄出的灯光，磨磨蹭蹭地看那个一次性硬塑打火机里的液化气还有多少。实在没什么好干的了，我才把烟点着，深吸一口，再冲着无星无月大雪欲来的污浊天空把烟雾吐出。

同志，哎哎同志——

我刚想把第二次深吸进胸腔里的烟雾再第二次吐出，一个不知从什么地方窜到我身边的男人叫住了我。被他一叫，我愣怔一下，结果满口浓烟一丝一缕也没溜出口鼻，我心口一堵，就觉得整口烟雾像火苗一样，一下子就烧着了我的肺叶。我估计，这时候要是立刻把我胸腔劐开，它就会与此时的天空颜色相同。

我窝着满腔的尼古丁看身边的男人，迅速地回忆着我是否认识他。

我想，借个火。男人手里拿着盒烟，烟盒外边的包装纸还没拆去。我松口气。他不是同事，不是邻居，不是小区的值班打更人，他只是个恰好想抽烟但忘了带火种的过路人。我把打火机又掏出来，看着他笨手笨脚地撕扯烟盒上的透明包装纸。我不怎么会抽烟，开烟盒都费劲。男人自嘲地解释一句，慢慢把烟盒上的包装纸撕了下去，而且不仅是开口一头，连不开口那头的包装纸也一并撕去。我让他笨拙的样子给逗笑了。能看出来，我说，你是那种抽耍烟的。对，我又想抽可又怕对身体不好。男人接过我的打火机后，并没立刻点烟。我平常基本不抽，只是有时……嘿嘿，有时候才抽。我敷衍地说烟这东西，不抽最好。男人见我看他手里的打火机，忙把打火机举到唇边，生硬地点着烟然后噘着嘴吸，发出一种老鼠叫唤似的吱吱声。你也来一支，他把打火机还给我后，又从烟盒里抽出支烟向我塞来。我抽着呢，我把他手推了回去。你换一支，他的手退一下又伸过来。不换了，我得回家了，我冲他笑笑想转身离去。这——他犹豫一下，拦到我身前。你抽一支吧，我还想求你帮个忙呢，耽误你一两分钟。求我？什么事？我不得不接过他手里的烟了，没用打火机，对着上支烟的烟蒂把它点着。是这么回事，我想求你帮我挂个电话。男人好像挺不好意思，可他接下来说出的话又能说明他长于此道并训练有素。我想往家挂个电话，告诉我妻子我今晚陪个外地来的朋友不回去了。可我并不是要接待什么外地朋友，我是想让你装我朋友，跟我妻子问个好说句话。都是男人，都不想让后院起火，我想你能理解我的。男人的一番话诚恳实在，让我根本无法回绝。可我——这这——我从未遇到过这样的事情，只能接受他的请求。我问他我都应该说些什么，我的意思是在电话里对他妻子说些什么。你自然一点，念这个就行。男人从兜里掏出张纸片向我递来，动作比他开烟盒利索多了。

我和男人一同来到食杂店门口放公用电话的电话桌前，他拿起了话筒，我举起了他给我的纸片。请一定自然一点，别让她听出你在念稿。他在按出电话号码前，再次对我叮嘱一遍。我攥着发言稿的右手竟哆嗦起来，只会使劲点头干咽唾沫了。2—2—8—2—8—7—1—8—我看着男人手指的动作，开始集中精力酝酿情绪，争取把他派给我的角色演得生动逼真。男人按完电话号码，用眼睛示意我再靠近一点。喂，Darling 是我呀——这家伙，还玩洋的，我真应该告诉他一声，我不光听得懂英语，还听得懂德语呢。哈尔滨那谁来了，还记得不？看来他只是个中西合璧的水平，且是以中为主。上回在圣宴酒楼洗桑拿——对，我今晚陪他，不回去了……我这时伸手接过了话筒。我手里的纸片上已经标明，当男人说出"不回去了"时，我要马上粉墨登场。你好呀嫂子，我是那谁呀，没忘吧（没有没有，哪能忘呢。电话里的女人说）？今晚我和大哥有些工作上的事要商量，让他陪我一宿行不（行行行，那有啥说的。电话里的女人说）？我明天还得急着赶回去，就不过去看你了，给你和孩子带了点小礼物……我没听到电话里的女人对她和孩子将得到礼物（我也不知道什么礼物）有何表示，因为话筒又被男人拿了过去。按纸片上要求，至此我可以谢幕退场了。

男人对着电话又来句 Kill You，扔下电话呼出口长气。我让他最后这句告别词吓了一跳，忙去看他要干什么。他什么也没干，只是得意地做了个鬼脸（对他自己）。接着他发现了我在看他，又伸手拍我肩膀连说谢谢，并再抽出一支烟向我塞来。当然了，这时的他已经没有了刚才让我理解并求我帮助时的那份谦卑。那你就先走吧，他说，你先回家吧，我还得在这再挂个电话。男人一手把我放在电话桌上的纸片收进兜里，一手又伸向了电话话筒。

我这时刚从片刻之前的戏剧性情境中回过神来，脑子里还在翻腾着男人最后那句把我吓了一跳的告别词"Kill You"。

其实，从男人的态度里我能看得出来，他想说的应该是"Kiss You"，是"吻你"。可由于他发音不准，"Kiss You"在他嘴里便成了"Kill You"，也就是"杀你"。显然他只想欺骗妻子，并不想欺骗之后再行杀戮。可我担心，如果他妻子钻牛角尖，真要按"Kill"的意思去理解"Kiss"，那没准就会生出些麻烦；而一旦有麻烦由电话里生出，恐怕我这帮闲也难逃其咎。所以，虽然男人指示我走了，我却没走，我想等他挂完第二个电话后，善意地纠正一下他的英语发音，需要的话，我还要建议他再给他妻子补挂一个电话重新告别。

这时那男人已不再理我，他兴冲冲地从另一个兜里（不是装小纸片的那个兜）掏出个小本，摊开放在电话桌上。由于此前我在想英语发音的事，所以我眼睛垂得挺低，我视线所处的那个位置，便正好是男人放电话本的那个位置。但男人的电话本放下以后，我就适时地移开了目光，把原来盯着电话本那个位置的目光移到了电话机上。我知道的，电话本也属私密文件，看别人的私密文件很不礼貌。

8—8—5—0—男人对着电话本按出了一串数字，1—5—1—3—我盯着电话机液晶显示窗里的那个电话号码，眼睛越睁越大，脑子里边一团混乱。Darling，是我，你这么快就回来啦……我就在你家前头的食杂店呢……你家那位走了吗……太好了。哎，刚洗完澡你躺着吧，别动……我一点都不饿……好嘞……Kill You。男人挂完电话扔下一块钱，还没等我反应过来该怎么开口与他探讨英语发音问题，就已经一阵风似的冲南走了，走向了我家住的 31 号楼那个方向，都没顾上对我说声 Bye Bye。

看着男人冲南走去的背影，冲我家住的 31 号楼那个方向走去的背影，我忽然意识到有什么地方不大对头。可什么不对呢？我想了半天，终于想明白了，这个在两次电话中都把"杀你"挂在嘴边的假洋鬼子，他第二次按出的电话号码，其实是我也熟悉的电话号码，甚至是我能记住的唯一一个电话号码：88501513，那是我家的电话号码。想到这里，我大惊失色，而更让我大惊失色的，是他这回要"Kill"的那个"You"，已经不再是他自己的妻子，而是我家里接电话的那个人了，是我妻子（我没在家，我儿子也不可能在家，在我家接电话的人只能是我的妻子）！天哪，他刚"Kill"完他的妻子，又转过头来"kill"我妻子了。

望着电话桌上的电话机，我机械地把那男人第二次塞给我的烟叼到嘴上。叼了一会，我深吸一口，发现那烟并未点燃，我掏出打火机抖着手点烟。可点了半天，却抽不出烟，还闻到一股焦煳的气味。我忙把烟从嘴上拿下（已经黏在我嘴唇上的烟纸撕裂了我嘴唇,疼得我倒吸一口冷气),发现我点火烧的是过滤嘴一端。我把香烟丢到地上,转身离开食杂店门口,离开 30 号楼的东房山,朝我家住的 31 号楼踉跄而去。

食杂店构成的屏障从我眼前移开以后,我先看到了我家北窗。我家北窗没挡窗帘,黑洞洞的,与小区里其他窗口窗帘后边的灯火通明比极不协调。我绕过 31 号楼的东房山,一抬头,又看到了我家南窗。我家南窗挡着花布窗帘,亮堂堂的,与小区里其他窗口窗帘后边的灯火通明比甚是协调。我从我家南窗口走过,南窗口窗台那一小条外伸的部分几乎刮到了我的脖子,也就是说,如果我身旁的窗户没挡窗帘,我一扭头,就能看到屋里的情形。不过我没扭头,因为我知道,扭头我看到的也只能是窗帘。谨慎地通过我家的南窗口后,又迈过三级台阶,我就钻进 31 号楼最东侧这个 4 单元的楼门洞了。我停在我家防盗门外,脑子里边乱糟糟的,想的事情东鳞西爪。幸好我心里还能一替一句地喊着英语的 Kill You 和汉语的杀你,我的勇气才没回落。英语的"Kill"和汉语的"杀",它们同样杀气腾腾,适合给人助威壮胆。我蹑手蹑脚地掏出门钥匙,插入锁孔,一边无声地在门上旋动,一边默念着我心里已经拟好的发言台词,一份一会之后我将说给妻子的发言台词(我可不用把台词先写在纸上):我突然回来并不是为了监督你(要说得诚恳朴实),

我是要去给 3 单元那个长白癜风的老太太送信的（要说得从容不迫），可你居然趁我不在家时，与这个"kill"完他妻子又来"kill"你的假洋鬼子苟且偷欢（要说得义正词严），你想想这么做你对得起谁呀（要说得痛心疾首）……

可是门没打开。

显然，这扇老式的防盗铁门，被那根坚硬无比的铸铁铁棒从里边闩死了。站在防盗门前我无可奈何。即使我不怕惹来邻居看我家笑话，我也不忍心大动干戈地把门砸烂砸开（也砸不烂砸不开），当年装它，可费尽了我的九牛二虎之力。我只能恨恨地退离防盗门，退出楼门洞，傻呆呆地望着我家南窗口里泄出的灯光，还有挡在南窗口上的花布窗帘。忽然，我注意到，我家南窗口的花布窗帘没有挡严。也许是拉得草率吧，窗子的下半部分虽然都挡住了，可上半部分，窗口的西端，却留下了一条约十五度夹角的三角形缝隙，清晰地露出了屋里雪白的墙壁，还有墙上挂着的那柄装饰用的梨木拐杖。我记起来了，我家的窗帘，不是那种由两侧往中间拉的对拉窗帘，而是只由窗口东侧往窗口西侧一面拉的单幅窗帘。由于窗子较大，拉窗帘的人若不把力气用足，便会出现这种窗帘西侧上端拉不严的现象。现在的情形就是这样，我妻子或那个男人拉窗帘时（我妻子的可能性更大），没用足力气（我妻子个矮力薄），便留出了一条供人观察的三角形缝隙。这时我的情绪正渐趋平静，我想，既然我有条件可以先观察一下屋内的局势，避免无的放矢伤害无辜（我妻子真的和那个男人待在家里甚至待在床上吗？），我完全应该利用一下这扇留有破绽的南窗户。我左右看看，调匀气脉，把什么人停在不远处的一辆自行车轻轻搬到我家南窗的窗户下边。我把自行车倚在墙上靠好靠牢，踩着中轴，踏着货架子，站到了也是三角形的硬邦邦的鞍座上，将脸贴向了我家南窗西侧上端那个没被窗帘挡严的缝隙……

嘿，干什么的！

我的视线刚投进室内，还什么也没看清楚呢，就听到一声断呵在我的屁股底下轰然炸响。我身子一晃双腿一软，猛地从自行车鞍座上摔到了地上，带得自行车也噼里啪啦地倒了下来，重重砸在我的身上。我趴在自行车底下抬头去看，只见那个打太极拳的邻居老人站在我眼前，与我的距离不足两米。他两腿骑马蹲裆，两臂环胸握拳，像一个专门替我家看门护窗的职业家丁那样，严阵以待地俯视着我。